白髪の少年 そして赤秋

はくはつ　せきしゅう

新井田 忠

文芸社

目次

はじめに

白髪の少年こと新井田忠は古稀を過ぎていた。人生の締めくくりのつもりで書き上げた自分史プラスちょっとした小説が、第二の人生のスタートラインになってしまった。大きな嬉しい誤算であった。若い頃の青春とまではいかないが、これからの青春を楽しもうと思った。もう一度人生の夢、ロマンをと心密かに決め、その赤秋の時をつくろうと人生の再スタートを切った。

そのための長寿計画をつくり、一日、一ヶ月、一年毎の生活ルーティンを実行している。一〇〇パーセントの完成ではないが、それでも十年近くの歳月を要した。やり続けていると自信が生まれ、その効果らしきものも感じている。右大腿骨を切断して身体障害者となり、うつむき加減の人生が、今まで以上に前向きな人生へと大きく変わった。

この摩訶不思議な経験、発想はちょっとした心の使い方だけである。自分でも驚いたのは、生活そのものがリハビリだと思えるようになったことであった。そして、そのすべてが潜在意識に落とし込まれているという実感である。

例えば、毎月孫や友人知人に出す手紙である。指のリハビリのつもりが、いつの間にかその内容は自分宛に出している手紙になっている。他人との会話もこれも自分自身に言い聞かせている節がある。その言動は全て自分に返ってきている。全てが心、潜在意識に入り込んでいると思うと、少し恐怖を感じた。このことが大きなヒントになり、日常生活を大切にし、この生活自体が人生をつくると肝に銘じた。

再スタートラインは、若人と決めてキャッチフレーズは、いつも若々しく年を取らないと勝手に決めた。そう白髪の少年である。目指すは好々爺である。

・食事のバランス
・適度な運動
・良い睡眠

この三原則は今ではすっかりこの身に定着している。今後も続けていくつもりである。先日テレビのニュースで高速道路の無料化を五十年後に延ばすと言っていた。これを見て目を閉じれば、世界最高齢者を塗り変えることができると、ふと思った。

一生青春　一日一生

博多人形

県内に住んでいる長男の娘が時々家族揃って遊びにやってくる。彼女は小学二年生の孫である。近くに住んでいるため、生まれて間もない頃からよく家に来ていた。幼稚園に通うようになってから、ある日突然に白髪の少年に指を差して聞いてきた。

「じぃじ（爺々）このお人形さん、いつからここに居るの？」

日本髪を結い、淡い緑色の着物を着ている古い博多人形のことだった。手には提燈を提げていた。ガラスケースは壊れ、人形だけが台座にのっている。むき出しの人形だった。

「このお人形さんだけ、お家がなくて可愛そう」

と、飛び跳ねながら言った。

他の人形はそれぞれにガラスケースに入っていて、玄関のくつ箱の上と机の上に鎮座していた。日本髪に結った人形の他に少女の人形と稚児の人形が二つあった。合計博多人形が四つあった。

日本髪の人形は、購入してからかれこれ五十二年の歳月が流れていた。独身の頃に手に入れていた人形だった。

孫娘が独り言で人形に話しかけていた。

「このお人形さんがばあちゃんで」

玄関の所へ行って、

「このお人形さんが叔母ちゃんで」

稚児の人形を差して、

「これが私で、このお人形はお姉ちゃん」

北海道の娘と孫娘のことである。

黙って聞いていた白髪の少年は最後に言ったひと言に釘付けになった。

「これみんなで家族じゃん」

懐かしいフレーズだった。

確かこの日本髪の博多人形を購入した当時の彼女も、同じような言葉を白髪の少年に言った。カローラスプリンターを購入して、初めて車で田舎へ帰省した時の出来事が脳裏にありありと浮かんできた。何気なく聞いていた孫娘の一言で記憶が鮮明に甦ってきた。当時の彼女は小学五、六年生の時の級友で、初めて異性として意識した女の子だった。小学校六年の秋口に隣の町の小学校に転校したために一度は離れ離れになったが、中学生になり白髪の少年が生徒会の役員をしている時に役員の交流会で偶然再会した。その後、文通で近況を知らせ合うようになり、社会人になってからもそれは続いた。

マイカーを持ってからは行動範囲も広がり、それまでなかなか会えなかった彼女に連絡を取り、帰省した折に初めて二人でドライブに出かけた。セピア色になった情景が鮮やかに浮かんできた。

飯塚市内で食事をしてコーヒーを飲み、夕方近くなった時に彼女が志賀島へ夕陽を見に行こうと言った。冬の日没は早いので躊躇したが、すぐに行動に移した。

案の定、志賀島に着く頃にはすっかり日は暮れて、波の音だけが砂浜に響いていた。波頭が月明かりでキラキラと白く光っていた。

そこは一瞬だけ、しじまの世界だった。

昭和四十年代は車の数も非常に少なく、車を止めた辺り一面は閑散として静寂の空間だった。その雰囲気がそうさせたのか彼女が口を開いた。

「今、首に巻いている、チェックのマフラー、記念にちょうだい」

少し恥ずかしそうに語尾を下げて言った。

白髪の少年がお気入りの愛用している手編みのマフラーだった。白とブルーのチェック柄で細長いマフラーだった。

少し戸惑っていると、

「今日の記念にどうしても欲しいの!!」

と、語気を強めて催促した。

新しいマフラーをとすすめたが、首に巻いているのが欲しいのだと言った。

後ろ髪を引かれる思いで了承すると、早速自分の首にマフラーを嬉しそうに巻きつけた。

満足した顔で、

「さあ行きましょう」

そして、すかさず寄りたい所があるからと、道案内を始めた。その寄りたい所とは、今回のデートが決まった時から決めていたようだった。商店街の共同駐車場に着くと足早に店に向かって歩き出した。そして白髪の少年を急がせた。どうやら閉店の時間を気にしていた。

すでにお目当ての商品は決めているようだった。和服姿のあの博多人形だった。店主に確認するかのような口振りでひと言、ふた言親しく話しかけていた。少し離れた所にいた白髪の少年を、彼女が手招きをした。

「この博多人形、私のお気入りなの」

人形にまったく関心のなかった白髪の少年は、彼女に失礼のないように、

「良いね!!　キレイだね」

と、返事をして、その場をつくろった。

車に戻り帰路についた。当時は夜間の道路は静かで暗く、車のヘッドライトだけを頼りに家路を急いだ。車の中で彼女がこの博多人形を購入する気持ちを淡々と話した。

その話の中でのワンフレーズが、「この博多人形で家族をつくりたいの」だった。

そして、このデートのラストに、

「この博多人形、あなたにプレゼントするわ。このチェックのマフラーと交換よ」と言って、車を降りていった。


白髪の少年の長い人生の中でのほんの一瞬の出来事だった。この時の出来事が何らかの感情と共に、心の中の潜在意識へと深く沈んでいった。このデートからお互いが結婚するまでの間、手紙での交流は続いたのだが、生活と仕事に追われて、すっかり忘れていた。「人間とは何ぞや」から始まり、自分史に取りかかり先祖子孫と巡っていくうちに自然や宇宙へと興味が広がっていった。そんな考えの中でどうやら人生に大きく作用するキーポイントは、目に見える当たり前の事よりも、目に見えない宇宙エネルギーのようなものが大きく作用しているという自分なりの考え、答えを導き出した。この解答にはとてつもなく時間が必要であって、解答の出せぬままこの世を去っていくかもしれない。

あくまでも自分なりの答えなのだが。

その一つの方法として、生活の中で、心や潜在意識、またその奥にある魂を上手く使ってみようと思った。そのためには今からの人生を若々しく健康的に生きてみようと考え、これを実証実験して答えらしきものを出そうと決めた。古稀を過ぎた人間でも、赤ん坊や子供並みの生命エネルギーを出せるのではないかと思った。要するに、脳や細胞を騙せばいいのである。この領域は心、潜在意識の領域である。

宇宙のビッグバンから始まり、銀河、地球が出現して、そして生物、人間が地球上に現れているので、必然的に宇宙のリズムを受けて誕生している。

朝夕の散歩の時につくづくそれを感じている。赤ん坊や子供の生命エネルギーを見習って、若々しく年を取らない生き方をしようと心密かに決心した。百歳を迎える頃に答えが出ると計画をした。自分の思い通りの人生を送るためには、心の奥底に眠っている潜在意識をいかに上手く使うかにかかっている。心の持ち方如何である。行動決定には、意識して出す以外に無意識に出していることがある。潜在意識の領域である。だからこそ潜在意識が出すよい生き方を潜在意識の中に溜め込んでおく必要がある。そのための知識も必要だが、もっと大切なのは経験をすることである。今自分が実証実験していることを説明するのは難しい。説明しづらい。心の感情が大きく作用するから自ら行動している。

心の奥底にある潜在意識から魂、宇宙へと繋がっている。魂と宇宙は同体かもしれない。無意識に出している行動は潜在意識の為せる業なのだが、その一つ手前にキーワードがある。その大切なキーワードになるのが、心の持ち方である。心の使い方である。

プレゼントされた博多人形は、それ以来白髪の少年の手元に常にある。何度かの引っ越しも経験したが、処分されずに同居している。

その後、娘の生まれた時に、出張の帰りにと、少女の博多人形を記念に購入してきた。そして三十代半ばに家を新築して、部屋の飾りにと稚児の博多人形を一体買った。女の子の人形である。そして、その後何故かもう一体女の子の博多人形を買い足していた。付け足しになるが、息子の誕生記念には九谷焼の獅子を購入していた。日本髪を結った博多人形をプレゼントされてから二十年近くの歳月が流れていた。手紙のやり取りの中で、その情景が一つひとつ潜在意識の中へと刻み込まれて月日が流れた。当然博多人形が好きになり、彼女が言っていた好きな花、かすみ草や淡い緑色やピンクが好きになっていた。

辿っていけば、白髪の少年にとっては博多人形から彼女へと繋がっていく、白髪の少年にとってかけがえのない人生のベースになっていた。人生の彩りにもなっている。五十数年前の予言らしきものになっている。博多人形の家族ができていた。稚児の博多人形二体は孫娘である。

散歩の途中で見上げた白い雲を見て、ふと、日本髪の博多人形は彼女の化身なのかなと思った。

涙もろい孫娘

左下眼下に佐渡島を見ながら北海道へと向かっていった。白髪の少年にとって、プライベートで道内に来るのは半世紀振りのことだった。若い頃の忘れ物を捜す旅のような気分だった。仕事では度々札幌へ行ったのだが、プライベートでは高校生の時に実行した一人旅以来二回目だった。まして道南の函館市界隈は初めてだった。コロナの流行が終息せず、少し不安を抱えた旅でもあった。三年振りの娘家族との再会だった。孫娘とは小学校一年生の春休み以来だった。夫婦して孫娘の幼女から少女への変化を楽しみに中部国際空港を飛び立った。孫娘に会える楽しみと、半世紀振りの北海道への懐かしさを抱いた旅だった。若者から高齢者となり、時間の経過にプラス身体障害者となり気の重い一週間の長旅の始まりだったが、函館空港に着陸し娘家族と再会すると、全ての雑念が消え去り、普通の爺々（じぃじ）になっていた。

しかし、一つだけ違っていたのは、出迎えのロビーで涙を流す娘の姿だった。これは亡くなった私の父親ゆずりのＤＮＡでもあった。孫娘は不安そうに娘の顔を見て手をしっかりと握っていた。我家系の良い所（？）でもある。函館の自宅に着くと、孫娘を連れ出して朝夕の散歩のコースの選定をした。近所には小さな公園がたくさんあり、公園を巡るコースを決め、早速孫娘と散策に出かけた。小さな公園がたくさんあるのは、除雪した雪を一時的に保管するための用地でもあるからだ。蒸し暑い愛知を離れて、別荘地にいる気分だった。夏休みのために孫娘とは二十四時間一緒に生活し、妻と孫娘は風呂も一緒に入った。函館市内を中心に外食したり夜景を案内してくれたりと、退屈することもなく時間が過ぎていった。確か二日目の夜のことだった。

「じいじ、人はいつか死ぬんだよね」

深刻な問いかけでなくごく普通の会話の響きだった。毎月必ず手紙を出していたため、孫娘との会話を非常に楽しみにしていた。だから心構えはできていたつもりだったが、いきなり核心を突いた質問に驚いた。

反面、孫娘に対してなぜか強い繋がりを感じた。少し間を取りながら心を落ち着かせて、ゆっくりと目を見て語るように話しかけた。

「小学校五年生だよね」

「うん、そうだよ」

「ママも確か小学四年生の時にその質問をしたよ」

白髪の少年は、その時のことをありありと思い出していた。二人で夕方にテレビを見ている時に娘が同じような質問をしてきた。洋画を見ながら自然に聞いてきたのだ。祖母を亡くしてすぐの頃だったから、祖母のことを話した。

「祖母(ばあ)ちゃんを思い出している時は、必ず魂が側にいる」と。

そしてつけ加えて続けた。

「心の中ではずっと生きているんだよ」

孫娘にそう答えながら、白髪の少年は忘れかけていたもう一つのある場面を思い出していた。心の奥深くに沈んでいた、幼き頃のことだった。やはり白髪の少年が小学五年生の時の、死に対する恐怖だった。昼間は山河をかけ回り生き生きと活発に動いていたのに、寝床に入ると決まって死に対する恐怖が襲ってきた。そして時には一睡もできず、白々と夜が明ける時もあった。大きな理由は母方の爺さんが亡くなり、そしてすぐに白髪の少年と同じ年齢の叔母が亡くなり、さらにもう一人身近な親戚が亡くなった。一年の間の出来事だった。昼間は仲間と元気良く遊び、夜寝床に入ると必ず死の恐怖と戦っていた。そんなことの繰り返しだったのだが、ある夜ふっと好きな女優さんを思い浮かべて、この人もいずれ亡くなるんだと思ったら妙に安心、納得して死への恐怖が潜在意識の中に沈んでいった。そして消え去った。白髪の少年も娘も孫娘も、同じ頃に同じような悩みを持っていたのが不思議だった。

だから白髪の少年は不思議な縁を感じたのだろう。

朝夕の散歩は妻と孫娘と三人で公園巡りをした。孫娘は自転車に乗り、公園で話し、その内容で成長しているのを肌で感じ取った。

白髪の少年には変な癖があった。人間関係を上手くこなすために、初めて会った人を自分の記憶の中の分類に分けるという癖である。親しくなれば親しくなるほど、ハッキリと自分の分類の中で重要な位置を占めることになってくる。

この人達は当然大きな影響を及ぼすことにもなってくる。そして自分の人生物語の中で対等に登場してくる、孫娘に対しても然りである。お互いに影響を与え合って物語をつくり上げていく。

だからいつも素敵な白髪の少年でありたいと願っている。この考え方は、今は亡き祖母が与えてくれた賜物だと思っている。人間が心で感じたことを潜在意識の中に落とし込めば、必ず人生の中で影響を与えてくれる。この仕組みを見つけるために、長生きして見つけ出したいと思っている。

これは時間をかけて、自分で結果を出すしか方法はない。そう思うと、この広大な宇宙や心とその奥の潜在意識が気になり、自分なりの方法で働きかけ、その結果、健康な身体と長寿を勝ち取りたいと思っている。稀な確率で人間として生まれ、必然的に人生という物語の主人公を演じ、いずれ幕を閉じる。それも束の間の、一瞬の出来事である。宇宙の時間で言えばである。それが証拠に、過ぎてしまえば人生なんて束の間の出来事である。

気付くのが遅くて、人生の答えを見出せないまま幕を閉じる人も多々いる。せめて自分の人生のなかで、自分なりの答えを見つけて「ジ・エンド」としたいものである。

帰る日が近づくにつれ、いつもの孫娘との電話でのやり取りでは感じられない、不思議な雰囲気を醸し出していたことを心の隅に置いていた。そして、その謎が解ける場面に出くわした。

それは、私と妻が家に帰る前の夜だった。

「明日の昼で、お別れだね」

孫娘は、

「さようならは言わないからね」

タブレットのゲームをしながらさらりと言った。

「さようならはじいじも嫌いなんだ」

私がそう言っても返事は返ってこず、タブレットのゲームのメロディーだけが流れていた。

私はすかさず、

「記念にこれを机の前に飾ってくれる?」

糖尿病の薬の空袋と雑巾を見せた。雑巾は散歩で使用した杖のゴムをふいた乾いた布である。

「何これ!! 汚い!!」

「じいじがここに来た証拠、証(あかし)だよ」

「置いていってもいいけど、すぐにゴミ箱にポイだよ」

少しおどけながら、

「じいじがこの家に居た痕跡はゼロか?」

「心配しないで、それは心の中にちゃんと残しておくよ」

と、胸に手を当てて応えてくれた。

その仕草を見て白髪の少年は思った。

もう小さな大人として相手しなくては、と。

空港での搭乗手続も無事に終わり、後は乗り込むだけになって孫娘を真ん中にはさんで、私は妻と待合室で時間を潰した。前日の夜、孫娘は、

「私は泣かないで見送りするから」

と、白髪の少年と話していた。それを思い出した途端に目に温かい涙が溢れてきた。

別れ際にハグをした時に、図らずも大粒の涙を流してしまった。見つめていた孫娘

は、

「泣いちゃ駄目だよじいじ」

目にいっぱいの涙をためていた孫娘は明るく、

「じいじ、じゃ〜またネ」

この孫娘の一言に救われた。白髪の少年が毎回手紙に書く文章のフレーズだった。この涙もろさは私の父親ゆずりだった。どうやらこのＤＮＡは娘から孫娘へと受け継れているようだった。

中部国際空港に着く頃に妻が言った。

「別れの言葉はさようならじゃなく、じゃ〜またネ、だよ」

と、昨夜の風呂の中での孫娘との約束を教えてくれた。別れることよりも再会に重きを置いた意味らしい。さようならは永遠の別れだから嫌だと言っていたと言う。

孫娘との夏も終わり、晩秋に義姉が亡くなった。一方ならず世話になった義姉だけに、別れは辛かった。柩の前での最後の別れの時に義姉に、

「じゃあ〜義姉さんまたネ」

と、小声で呟いた。

葬式も無事終わり、義姉の思い出話をしていた時に妻が柩の前で何を呟いていたのと聞いてきた。

近い将来必ず再会できることを思って、

「じゃあ~義姉さんまたネ」

と、話したことを伝えた。妻は妙に納得していた。

そして、この物語の最後の締めくくりは妻と娘との電話での会話だった。スマホのスピーカー機能で会話しているので、孫娘も隣で聞いていたらしい。

柩の前での別れの話であった。すると娘が、

「お母さん、隣で娘が泣いているから」

孫娘は義姉との接点はなく、どうやら空港での別れのシーンを思い出していたらしい。

十二月の寒い日に孫娘の誕生日プレゼントを贈ると、メールが送られてきた。そのメールの最後に十一歳になった○○よりと書いてあった。白髪の少年が「生きるとは、

今を生きることだよ」と常々言っていることを反映した文章だった。
またこれで将来の孫娘の成長が楽しみになった。

約束

『関の山から吹く風』を書き終えた時は自分なりに充実感を持っていた。しかし書き綴っているうちに自分ながらビックリするほど、ある変化が心の中に生じていた。心の中が浄化されていったのだ。それは両親に対する今までのイメージである。その変わりように戸惑うほどである。尊敬の念さえ抱き始めていた。似ても似つかない親子だと思っていた。少し見方を変えると、全てがそっくりで自分ながら驚いている。義母とは血の繋がりはないけれど、これまた環境の影響でそうなるのか驚くほどである。心のパワーの凄さである。自分史と同じように書き残しておきたいという思いが徐々に募り、その意欲をかり立てていった。そして、その反対に両親の人生に対して何も知らなかったことに気付いた。父親の人生を全然把握してないのに、ましてその先の人のことなどゼロである。それでも書ける範囲だけでも残そうと思った次第である。恥ずかしい話である。

今考えると人生の節目節目にいろいろなアドバイスをくれたが、聞く耳を持たずに接して生きてきた。心の奥底にあるものとかかわらないように生きてきたみたいだ。反発だけの人生だったのだろう。今にして思えば情けない判断をしていた。両親に対するへそ曲がりな性格を悔んでいる。両親の人生に対する見方を少し変えてくれたのが、それぞれの葬式の時である。五十七歳の時に父親を亡くし、その一年と六ヶ月後に義母を亡くした。その両方の葬式の喪主を務め、出棺の挨拶をした。この挨拶の時にハタと困った。短い挨拶だったが、波乱万丈ではあったものの、父親にとっては満足した思い通りの人生だったと話した。義母の葬式の時には一年と六ヶ月で後を追うという仲の良さを披露したのを記憶している。

高校一年生の春休みに名古屋で就職し、家族全員が揃って過ごしたのはたったの六年足らずだった。その六年足らずの中でも全員が揃って生活したのは、これまた少なかった。父親は伊勢湾台風の後の西三河地方の護岸工事に携わり、家を長く空けていた。父親が家にいたのは帰省した盆と正月だけだった。

飯塚にいる時は、ある公的機関で時々世話になり、これまた留守が多かった。義母と弟妹達だけの生活だった。そして時々祖母が手伝いに来ていた。実の父親なのだが、何故か家族愛に欠けていた。長男でありながら早く家を離れたためにいつも蚊帳の外から家族を見ていた。両親を亡くしてから十五年の歳月が過ぎた今頃になって、妙に両親の存在を感じる時が大いにある。

ある日、孫から、

「何で男なのにピンクのシャツを着てるの」

と聞かれ、ふと気付いた。

父親はどんなに酔っている時でも自分で着ていた洋服をきちんとハンガーに吊してから、床に就いた。そんな洒落た男だった。そして白髪の少年が夢中になって義足を着けていると知らないうちに舌を出していた。父親も夢中で靴を磨いていると舌を出す癖があった。そして究極は私達夫婦の会話で、両親のやり取りに似ていることに気付いた。

紛れもなく父親のDNAを受け継いでいるし、義母の影響も大いにあった。

人類が誕生してから幾久しい。そのために今を生きている人類は全てのDNAを持っている可能性が高い。直近のＤＮＡが大いに影響するのは間違いないが、尚且つ潜在意識の中で熟成して現実の世界に現れてくる。そのためにも、しっかりと子孫に受け繋いでいく必要がある。自分の何世代か後に、きっと自分によく似た人間が出てくる気がしてならない。逆に先祖の中には自分に似た人生を歩んだ人が必ずいると思う。

自分史をつくる過程でその考え方が強く心に残った。その上に両親の人生が自分にとって必然だったように深く理解した。そしてどんな些細なことも必然なのだと思い始めた。良いことも悪いことも、特に悪い出来事は何か大きな啓示を持っているように思われる。

白髪の少年のスタートは大腿骨切断なのだが、この原因が今とんでもない結果を生み出そうとしている。そのヒントが自分史を綴っているうちに見えてきた。片足の人生というか義足の人生に慣れるのに十年近くの歳月を要した。そして十年前と比べると、今現在の方がはるかに健康で生き生きと生活している。右足の処置が遅れていたら、死んでいた。今のこの生活の質を落とさずに百歳を迎えて次のステップへと考えている。今の生活習慣を続ければ充分に可能性があると思っている。そして確信している。今現在の習慣にプラス心と潜在意識を上手く利用すれば達成できると勝手に信じている。気付きと心次第だけである。

両親のいないふる里に帰省する機会もぐんと減ったが、帰る度に、父親そっくりな自分を垣間見ることがある。ちょっとした仕草を弟妹達に指摘され、心密かに反発していたが、あまりの多さに今では諦めている。と同時に納得し受け入れている。

テレビのニュースで、子供食堂とかシングルマザーの大変さを見ると、ふと父親を思い浮かべている時がある。何故かダブって見える時がある。父親は、その地域にとって必要な男だったんだと改めて思う時がある。

そんなエピソードの一つにこんな事件があった。

珍しく家族揃って夕飯をとっていた。昭和四十年代は炭住長屋の一角で生活していた。その長屋に住んでいる一人の母親が血相を変えて玄関に飛び込んできた。こんな事はいつもの風景だった。父親は驚きもせずに悠然と食事をしていた。義母が応対していた玄関先での会話を、父親が聞いていた。会話の内容は、中学生の子供達六、七人が面白半分で集団万引きをして警察署に補導され、身柄を引き取りに行ったのだが帰してもらえないという内容だった。調べを済ませてから帰すからと言われて困り果てて、わが家に飛び込んできたのだった。

細かい状況を聞いた父親は、

「じゃ〜あ、俺が行っちゃろー」

と、立ち上がった。

父親にしてみれば日常茶飯事のことだった。署に着くなり、署長を見つけて笑顔で挨拶し、二言、三言会話して子供達を連れて署を出てきた。側で見ていた子供達は父親と署長のやりとりを見ていて、

「格好良かった」

と、迎えに来ていた母親達に言っていた。

父親が子供や若者に非常に人気があったのを今でも思い出す。今、マスコミやテレビで流れる事件を見ていると、父親のような世話焼きがいると少しは世の中のためになるのにと思わずにいられない。もう五十年位前の逸話である。今、白髪の少年が散

歩の途中で小さな子供に話しかけている時、ふと父親が空の上から自分を見ているような気がする時がある。

義母も父親とは似た者同士で、あまり逸話はないが時々とんでもないことをやってビックリさせられたことがあった。

夜中の十二時近い時間に電話が鳴った。電話の相手は時々行く飲み屋のママだった。最初は電話口で断っていたのだが、

「そんなことなら」

と、電話を切って出かけて行った。戻ってきたのは朝だった。その筋の人達の喧嘩の仲裁だった。どうしてそんな成り行きになったのか今もって詳しく分からない。

両親の人生を自分なりに小説にして残したいと考えていた矢先に、父親に認知症が発覚し、その症状は日を重ねるごとに早く進んでいった。結局、父親の半生を詳しく聞くこともなく亡くなった。後を追うように義母もこの世を去った。二人を題材にした小説を書きたいという夢も潰(つい)えたのだった。少し遅かった。

しかし、ある切っ掛けでペンを持つ羽目になったのである。自分史との出合いであ

る。心の中の潜在意識が動きだしたのだった。熟成させた一つの原因に大腿骨切断がある。ピンチとチャンスは表裏一体で、それぞれが原因にもなり、結果にもなる。出会いも別れも同じである。縁の薄い関係だと思っていたのだが、なんのなんの、しっかりと自分の人生に絡んでいた。父親のエピソードは、たくさんあるのだが虫食い程度しか知らない。灌漑(かんがい)用の大きなため池で溺れている子供を助けたり、事件を起こした犯人の捜査で刑事が家によく来ていた。世話になっていたばかりではなく、逆に世間様のためにもなっていた。両親が亡くなった後によく聞いた。

父親に認知症の症状が現れるようになってからは、仕事の合間を見つけては、月に一度ぐらいの割合で帰省し親孝行の真似をした。その定番となったのが、親子三人のドライブで、先祖の供養を兼ねたお墓参りだった。そして何故か県境にある高塚地蔵が最後の目的地に入っていた。ここでは必ず団子汁を食べた。自分しか信じない父親にしてみれば、アンバランスなドライブコースだと、不思議な感覚を持った。この定番のコースを回る度に益々その思いが募り、義母に聞いてみた。

「これが本当のあなたの父親なのよ」

意外だった。

またある時には、波乱万丈で好きに生きてきたのに、ふっと一言漏らした。

「自分の好きな生き方をしてみたかった」と。

家族のために自分を犠牲にして生きてきたと呟いた。

父親も亡くなり、義母も亡くなり、法事の時に仏壇の前で弟が、

「兄ちゃんと仕事をしてみたかったと父親が言っていた」と伝えてくれた。団子汁を食べた食堂で、父親が店の主人に名刺を渡すように白髪の少年にせかせた。その時の父親の顔は嬉しそうな顔をしていた。

今年の夏には、ふる里に帰ってみようと思っている。両親はいないけれど。一人で高塚地蔵に参拝しよう、父親との約束を果たそうと思っている。

「俺達が死んで、会いたいと思ったら、ここに来てくれ」

父親との約束が甦ってきた。

生きてみろ

身体障害者になって十年の歳月が過ぎた。時間だけはみな平等に与えられたものだと思っていたが、どうやら違うように感じる。

何の目標もなくダラダラと過ごしている時は時間に対する意識は毛頭なく、時間の感覚すらない。遊び半分で名付けた新井田忠の架空の人物が一人歩きをして、人格らしきものがついてくると、俄然面白くなってきた。自分の名前と親友の名前を足してガラガラポンで名付けたペンネームである。当然イメージとしては常に頭の中には、この親友が存在する。不思議なものでこの新井田忠に自分の晩年を託して理想の人生をつくろうと発奮している。他人事ではなくなって、第二の人生の立派なスタートになってきた。人生を切り替えてもう一度と思い始めた。若い頃の生き生きした時代、そう青春をもう一度と思った。そしてこれからの青春を赤秋と名付け、確実に実行して少しでも充実した人生をと思っている。

無駄な時間をなくし、自分自身の完成度を高めて、今一番気になっている潜在意識を上手く使って充実した人生を全うしようと考えた。答えの出ない代物である。実は潜在意識は入り口であって本当はとてつもなく人生そのものだと気付いた。日常生活の中での生活習慣が大切な事だと思い始めた。この潜在意識を極めるには時間が必要で、今からではすでに遅いと思ったのだが、長生きをするコツを掴み、無謀にも挑戦している。

右大腿骨を切断した時には間一髪で助かり、死を目前にしていた。人間はいとも簡単に死と直面するものだと実感して鳥肌が立った。右足と引き換えに再び命を手に入れた。ピンチとチャンスは表裏一体である。この経験で物事のからくりが少し理解でき、生きる勇気も出てきた。世の中捨てたもんじゃない、生きている以上はどうにかなると少し悟った。この十年の間に介護生活に突入する前のフレイルから健康状態が少し上昇し、人並みの生活が送れるようになってきた。現役の時と同じように生活にリズムが戻ってきた。このリズムの神髄は宇宙のリズムだと理解している。何故か？答えは分からないが地球上の生き物だから当然だと思っている。人間の一生のリズム、一年のリズム、春夏秋冬、一ヶ月のリズム、一週間のリズム、一日一日のリズム。

現役の時は仕事を中心にして、リズムが存在してそのリズムで生活していた。仕事もできず右足も失い死に体になった。心も死んでいた。一時的だが、全てが終わっていた。週に一回の右足のリハビリだけを惰性で通っていた。

そんなある日のリハビリ中に、

「まだ、死んでないぞ」

と、かすかにもう一人の自分が囁いた。

心の奥底の潜在意識が叫んだ。

「生きてみろ」

人間はピンチに陥ると潜在意識にフィットするようだ。ただし、気付く人は少ない。

天の声なのかもしれない。

声なき声である。

例えば、心、感情の働きで「喜怒哀楽」がある。人間らしい生き方では、それぞれの感情を充分に感じたままに生きるのが人間らしい生き方なのだが、少し生き方を変えてみた。ストレスを溜める「怒と哀」は、その感情を察知すると心のスイッチをオフにしてストレスを和らげた。あわよくば、もう一つ光のリラックスへと変換させることにしている。意識すれば習慣が信念となり、自分のものとなる。

人生の大切な時に、集大成の時に、気付いて自分の中で喜びを感じている。いろいろな経緯はあったのだが、生きていく上での日常生活の中ですべてのことに少し気を使うようになった。年齢相応の出で立ちにプラス赤秋を考えて、人生物語を少し意識するようにした。この入り口から展望が開け、毎日を楽しく生きている。「洒落た爺々」「粋な爺々」を目指して、白髪の少年の完成度を上げている。高齢化社会に突入しているこの時代に今青春している若人から、少し尊敬される赤秋の爺々になりたいと思っている。

「喜怒哀楽」の「怒と哀」をすべて消し去って生活していこうと決め、毎日を励んでいる。一つを徹底して生活していると人生に大きな変化をもたらす、その証拠に死の直前まで行った人間が義足に慣れるリハビリに専念し、その延長線上に生活そのものがリハビリ化して、習慣化していった。身体は健康体となり、義足を着けた普通の社会人となった。

その上で、悩んでいた人生の目標を掴んだ。スタートは大腿骨切断である。このことに気付いたのは大きい。

いずれ人間はある時に大きな物語に幕を閉じ、この世から姿を消す。しかし、自分が生きたＤＮＡは子孫に引き継がれて残る。そして残したいものがまだまだある。新井田忠に感謝である。

白髪の少年　青春を生きる

六十三歳での人生再出発

朝早く起床し朝食を済ませて七時からは一人で時間を過ごしている。自由な一時（ひととき）である。初めの頃は、この時間帯が苦痛だった。シニア男性の陥る罠である。ダラダラと時間だけを消費しているだけで、そのうちに家族からも社会からも取り残されてしまうのだ。そこで生まれた罪悪感が、根拠も無くこれでいいのだと自分を納得させる。生活や仕事に疲れ果て、少しゆっくりとしたいと願いそのまま時間だけが過ぎていく。現役を離れると、当然このようなシナリオの人生だっただろう。平々凡々とした当たり前のシナリオの人生。白髪の少年も然り。真剣に生きていない天罰に、ある人が目を覚ます仕掛けをした。絶命する一歩手前の右大腿骨切断である。自分だけが知らなかった、突然にである。人生とはこんなもので、すべての人間がこの運命を背負っていることに気付かないだけである。ある人は何も考えずにその運命に諦めて、ジ・エンドで終わる。しかし、白髪の少年は少し違った。

二、三日身体にだるさを感じていた。大したことはない、すぐ治ると高をくっていた。見兼ねた友人が神の声で言った。

「病院に行って診てもらったら」

気がすすまずに救急外来で受診すると、即、

「右大腿骨を切断します」

誰しも起こるべき人生の転換である。不幸のランクが一段も二段も上がる、立ち上がる、立ち直る可能性がぐっと狭まる。しかしゼロではない。少なからず可能性は残っている。これが人生である。誰のせいでもなく、原因はすべて手前持ちである。この窮地に陥った頃に白髪の少年のもう一人の自分が目を覚ました。

「よし、自分の本当の人生をやってみよう」

格好良く、準備期間を設けた。特に病的な身体を健康体にするための期間である。若さと馬鹿さ加減で突っ走った身体を生まれた細胞に戻そうと、少し長めの期間を設定した。何せ六十三年間の垢を落とすのである。プラス今までに全く考えてなかった心と潜在意識を主体にして生きようと真面目に考えた。この結果を確実に出して納得するために、自分の健康寿命を百十五歳と設定した。右足を失くした六十三歳から計算すると、残り五十二年間となる。十年が過ぎて大まかな手応えは充分に感じている。心と潜在意識と魂を使えば、大器晩成とか、自己実現とか、信念のパワーとか、天、もしくは天使の声が聞こえる。そんな手応えを噛み締めている。この方法を死ぬまでに見極めて、本として子孫に残して終えたいと小さな目標を設定した。妻がパートに行っている午前中の時間が一遍に充実した。そして心構えができた、「死ぬまで勉強で、明日死んでも悔いなし」である。

この心意気でいけば、白髪の少年で、洒落た爺々で終える筈である。

気分はふる里の関の山に登って小さな花や歓迎しない蛇と会話している気分である。気分爽快そのものである。外ばかりに向いていた視線を訳の分からない心や潜在意識にフォーカスすると、少し安心し答えらしき景色が見えてきたような気がする。それぞれの答えは違うけれども、生老病死を経て死だけを残した者には見えるものである。じ～っと深く耳を澄ませば。

人生グラフとか幸福度グラフというものを耳にすることがある。折れ線グラフである。右足を失った前後を表してみた。急にどん底に落ちた。歩けない、動けない、車で移動できない。終わった。人間としての価値ゼロ、ここに居るのは生きた屍、生きているけど死体。手術の翌日の回診に、

「処置が遅いと生命がなかったですね」

「右足だけで不幸中の幸いでしたね」

痛みで眠れずに、気晴らしに深夜院内の廊下を慣れない松葉づえで疲れるほど歩き回る。

「珍しい患者さんですね。深夜にリハビリとは」

「普段はおとなしくしていますよ」

人生グラフを作成中にこの台詞が潜在意識の中で動き回り、〝生きる〟スイッチに

触れた。

　白髪の少年にはそうとしか思われなかった。何故復活ののろしが上がったのか、自問自答していると、言魂のパワーだとしか思い浮かばなかった。知らず知らずのうちに、どうやら白髪の少年は心の奥底に潜んでいるもう一人の自分と問答していた。因果応報ではないが、ある時ふっと当たり前のことで、原因と結果に真剣に向き合った。右足を失くした現実に納得し合点がいった。人生グラフを作成中の僅かな時間だった。人生とは何ぞやに触れ、人生の悩みの解決の入り口に立つことができた。自分ながら大発見である。すると目に入るもの、聞くものすべてが納得のいくものになった。自分の過去に照らし合わせてみると一目瞭然だった。

　六十三歳の年寄りの白髪の少年が悪びれずに、

「よし、もう一度、人生をやり直そう」

と、大それた考えに至った。右足を失ったちょっとしたハンディを背負ったスタートである。いや、人生にはハンディなど無いのである。再スタートを決意した時には、紛れもなく個性だと思っていた。右足が足らない分、何かを与えられていると補う才能があると信じていた。どうやらこれも正解らしい。順調な滑り出しである。いきなり半月板損傷である。人生にはよくある話で大したことではない。人生の味付け程度の出来事であり、本筋には関係のないことで、変化なしである。楽しんで治療している。まだ以前までには回復していないのだが、リハビリも兼ねて今までのように一人カラオケを再開した。昔懐かしい歌に出合った。昭和三十六年頃にヒットしていた、ジェリー藤尾の「遠くへ行きたい」という歌である。複雑な家庭環境の中で人生をもがき苦しんでいた時だった。歌詞の内容とメロディーが気に入り、よく口ずさんでいた。絶望、孤独な時ほど唄っていた気がする。どこか遠くに必ず、夢か希望か生きがいがあると信じていた。そんな思いが時間を掛けて潜在意識の中の奥底に入っていき、数年後に大胆にも福岡を離れる結果となった。潜在意識の為せる業である。生き抜くためと人生を全うするためである。ジ・エンドではない。

今現在、社会の中で活躍している著名人数名の言動、行動をいつも気にしている、テレビ、マスコミのインタビューが主なのだが、信念を強く持ち、それ以上に行動している。それを続けることで自己実現し、その先にある大器晩成で生涯を閉じる。最後にしくじったら元の木阿弥である。五感をフルに使い、第六感が身についてくる。そう、天の声である。ここまで極めると人生面白いものである。

生きるとは、自分の物語をつくることであって、主役は紛れもなく自分本人である。参考になる人物は全て脇役である。殆どの人が間違った生き方をしているような気がしてならない。名も無い小さな個人で、人生を全うした人は多々いるが、歴史上に名を残す人はごく一部である。この底辺があるから成長発展するのである。

右足は義足、杖二本で散歩、左足は半月板損傷である。立場が逆転して今は散歩に出ている。コースはいつもの三分の一の距離、時間はいつもの半分の時間。

左足の膝が右足の義足に、

「俺の方の負担を少し減らしてくれ」

「分かった」と義足。

「いつもの半分の速さで頼む」

「了解」

白髪の少年はもう一人の自分と会話しながらリハビリを楽しんで歩いていた。無心に歩いていた。すると首の後ろ当たりに蝶がまとわりついたような気がして手で払った。すると目の前のフェンスに鮮やかなインコが留まった。逃げる様子もなく、肩に乗ってきて遊んでいる。慣れているようで逃げない。飼われていたようなインコだった。少しの時間相手して、フェンスから出ていた枝に乗せて散歩を続けた。「無心になると気が通じ合うのか？」とインコの目を見た。そして、いつもの散歩コースを再び歩きだした。空も晴々としていた。

ピンチを楽しむ心で生きていく

ドスン!!

「変な座り方をしたかな?」

白髪の少年が用を足そうと、便座に腰を下ろした時、何かが鈍い音を立てた。

確か、さっき便座に座った時に、崩れるように座った。

しかし余り気にも留めずに用をすませた。そしていつものように立ち上がろうとすると立てない、膝に力が入らない。二度、三度やってみるが全く力が入らない。白髪の少年は家の中では義足を着けずに、左足と二本の杖で生活している。パンツもズボンも上げることができない。一瞬ためらい戸惑いながらそのまま座っていた。家には誰もいない。一人だけである。スマホも手元にない。足に痛みはない。ただ力が入らないだけである。立ち上がれない。変な場所で動けなくなったな。狭いトイレだから座った状態のまま、トイレのドアを開けて少し考えた。しかしいくら考えてもこの格好では何もできない。取りあえずトイレから脱出しようと行動を始めた。

　長い時間をかけてパンツとズボンを尻の半分のところまで引き上げ、上半身と両腕を使ってトイレを出てパンツとズボンを定位置まで引き上げた。尺取虫が歩くように尻を床につけたまま、ゆっくりと居間まで移動した。長い時間がかかった。情けないというよりもなんとか居間まで辿りついたという安堵感の方が強かった。パートに出ている妻にメールを打ち、整形外科の病院に予約を入れた。意外と冷静に行動している自分に不思議さを感じ、それと同時にある事を確認していた。

　いざという時のために慌てふためかないよう、毎日習慣化していた心と潜在意識の訓練の効果が出てきたなと実感していた。足と膝には全く痛みはない。ましてむくみや熱もない摩訶不思議な感覚だった。ただ立ち上がれないだけだった。もう一人の自分が囁いた。

「頭、脳じゃないのか?」

　思わず、目を閉じて両手を前に出してグーパーを繰り返した。異常なし。毎日習慣化している上半身のストレッチを行うが異常なし。身体の他の部分に何か異常を感じれば救急車を呼ぶことだけを頭に置いて、妻の帰りを待った。

　右足を失くしてリハビリに専念して十年が過ぎ、日常生活をそれなりにエンジョイしていた。第二火曜日の今日はカラオケのレッスンの日だった。駅前の喫茶店でコーヒーを飲んで、一区間だけ電車に乗りレッスンに行く予定だった。楽しみな恒例の小さな冒険旅行だった。しかしキャンセルの電話を入れた。

　人生百年といわれる時代である。この百年を楽しく生きようと常に考えていたので、アクシデントに出合った時ほど、本領発揮をしなきゃと冷静になった。妻が帰ってくる夕方の四時までに独りでトイレに行けるようにしようと考えた。尺取虫でトイレに行き、便座に登り座らなくてはならない。便座と同じ高さの踏台があればなんとかなる。そこで隣の部屋から三面鏡の小さな椅子を引きずってトイレで試してみる。両手と顎（あご）を上手く使って便座に座ることができた。ひと安心である。座面の高い椅子には座れないために昼食は諦めて、時間潰しにスマートフォンでナンプレをやって妻の帰りを待った。

「大丈夫!?」

血相を変えて妻が飛び込んできた。

冷静な応対の白髪の少年に対して戸惑いを見せながらも、矢継ぎ早に聞いてきた。

「膝に力が入らず、立つことができない。痛くも痒くもないんだ」

白髪の少年にとっては摩訶不思議な現象だった。説明している自分が何だか他人のように感じていた。妻だけがバタバタして可笑しい風景だった。そんな不思議な感情を覚えながら、心はある一つのことをズームアップしていた。それは、生き方を変えた十年前から始めたことの効果だった。心と潜在意識と魂を日常生活に落とし込んで生きることだった。簡単に説明すると、心の持ち方を変えた生き方だった。十年かけて少しずつ自分なりに会得した技だった。成りたい自分を見つけ、それを日常生活の中で他人に話し、同時に自分の潜在意識の中に落とし込む。これを生活の中で繰り返す。大切なことは、常に正直に真摯に生きることである。自分に嘘をつかない。心を大切にして生きることである。簡単なことだが、これしか方法は無いと思った。心から潜在意識へと入り魂へと繋ぐ。この魂が宇宙そのものだと勝手に仮定している。

この考え方の答えを垣間見た気がした。今回の事件（膝がおかしい現象）は魂、宇宙からの試練、テストなのだと思った。

「病院へ行くわよ」

義足を着けるように促された。

「よし！」と意気込むが、どうすればいいのかわからず、戸惑う。動けない。当たり前だが、立てないのだから義足を着けるのは不可能である。車椅子の手配で整形外科病院へ電話を入れると、逆に一人で立つことができない患者さんは診察できないと断られた。慌てて、ケアマネージャーに連絡を入れて相談すると、手際良く新たな病院と介護タクシーの手配をしてくれ駆けつけてくれた。さすが手慣れたものである。いとも簡単に整形外科病院へ運んでくれた。大騒ぎしていた自分達が可笑しかった。さすが餅屋は餅屋である。

病院に着くなり、事情を説明してレントゲンを撮り、待合室で待った。沈黙の時間が過ぎた。待合室のテレビの音だけが響いていた。

「診察室へどうぞ」

妻と二人して入って行った。

「骨には異常は見当らないですね」

症状を聞かれたので、

「痛くも痒くもない」

と答えた。患部の足や膝はさわらずに医師が言った。

「両手を前に出してください」

そして肩の高さまで上げて目を閉じるように言った。

「目を閉じてください」

そして拳をグーパーを繰り返すように白髪の少年に言った。何回かグーパーを繰り返すと、

「ハイ、結構です。総合病院への紹介状を書きますので、早めに受診をしてくださ い」

診察室にいたのは、わずか数分だった。妻は合点のいかぬ顔でいろいろと医師に尋ねていたが、これ以上はこの病院では無理だと諭されていた。白髪の少年は妙に落ち

着いて二人のやり取りを聞いていた。人間の身体、病気のことは、九十五パーセントが未知の世界なのだから仕方ないなと目を閉じた。会計で清算をすませて、紹介状がくるのを待っていた。妻は医師とのやり取りで不安が増していた。立ち上がれない原因は何なんだろうと、そのことだけを頭の中で問答していたようだ。その追い打ちをかけたのが、看護師とのヒソヒソ話だった。紹介状を手渡しながら小さな声で、

「明日の朝一番で病院へ行ってください。もし夜中に何か異変があれば、すぐに救急車を呼んでください」

このヒソヒソ話で妻の不安は絶頂に達していた。原因が分からないのが最悪だと信じ込んでいたのだ。白髪の少年はこの神秘な身体のことだから致し方無いと妙に落ち着いていた。しかしその反面、医師の言うことは百パーセント聞いて実行しようと決めていた。この法則も右足を失ってから決めた自分だけのルールだった。人間、大切なものを失うと、別の大切な何かを得るものなのだ。そう考えることで、今では天や天使の声らしきものを時々聞くことがある。天使とは孫娘とのちょっとした会話の中に気付かされる言葉であり、天とはふっと脳に浮かんでくる考えのことだ。不安だら

けの妻と妙に肝の据わった白髪の少年。

帰りの介護タクシーの中で妻の不安はどんどん増していった。何故だか白髪の少年はピンチの時こそチャンスが潜んでいると思っているし、信じている。もう一人の自分が出てくる。そして第三の目で見ている光景に出くわすのである。摩訶不思議な自分だけの光景である。苦しいのに楽しんでいる。これが理解できると、すべてを生きるパワーに変換できる。生命力へと変えることができる。この極意は教えてもらうものではなくて、自らが掴み取るものである。本当の意味での自分の生き方なのである。自分だけの生き方なのである。

朝トイレで動けなくなって、身体自体は疲れない一日だったのだが、簡単に夕食を済ませて早めに床に就いた。ぐっすりと熟睡した後に目が覚めた。誰かが布団や肩を揺すっていた。それも一回二回ばかりでなく頻繁に繰り返していた。途中で、

「俺は生きているぞ」

流石にそれ以後は揺すってこなかったが、今度は鼻の前で手をかざして呼吸を確認していた。心配性の妻である。

次の日、朝八時四十五分に介護タクシーが予定通りやって来た。

九時に診察開始なのだが、どの科もすでに長い行列だった。決められた窓口で紹介状を渡して診察を依頼すると、

「今日は予約がいっぱいで明日の予約になります」

と、冷たい返事が返ってきた。すかさず妻が窓口の女性に、

「今日の診察でお願いできませんか？」

どうやら今日の空（あき）はなさそうで困っていると隣にいたもう一人の女性が、

「救急外来の方なら大丈夫ですけど」

と助言してくれた。まるっと反対側にある窓口へと車椅子を押していった。そして昨日と同じように一通りの診察を終えて再び整形外科へと戻ってきた。すでに正午は回っていた。

長い時間待たされていたように思った。名前を呼ばれて診察室に入ると開口一番、

「レントゲンを見る限りは骨には異常は見当らないですね」

若い医師がそう伝えた。昨日と同じ診断だった。

「そこの診察台に横になってください」

白髪の少年が車椅子でまごついていると手慣れた看護師が手際良く台の上に乗せてくれ、横になった。そして膝を中心に足全体を慎重に触診しながらおもむろに言った。

「膝に水が少し溜まってますね」

「水をぬいてください」

間髪を入れずに妻が口を挟んだ。このやり取りも何故かまるで第三者的な立場で見ていた。白髪の少年は膝の水ぬきは注射を使うから相当痛いと聞いていたので、咄嗟に、

「痛くないようにお願いします」

と伝えると年配の看護師が、

「多少痛みはありますよ」

と冷静に返された。膝の横を消毒液で拭きとり、注射する場所を確認してから処置を終えた。痛みは感じなかった。注射嫌いの白髪の少年にとって、これまた摩訶不思議な体験だった。痛みを感じない注射なんて。上体を起こし椅子に座り直すようにと

若い医者は白髪の少年に言った。そして自分が若い頃に膝を患った経験を話しだした。手術もせずに自然と治ると言っていた。そして会話の最後に言い含めるように白髪の少年に言った。

「必ず動いて身体を使ってください」

安静にではなく、身体を動かしてください。である。何だが矛盾した言葉なのだが、素直に受け入れた。

「動いていいのですね」

「動かないと駄目です」

人間の持っている自然治癒力だけが頼りなんだと思うと、白髪の少年は、これで完全に治ると何故かそう確信した。自分一人では立ち上がれない状態なのだが心からそう思った。

「これで治った」と。

一週間後の再診の予約を取って、念のためにＭＲＩを受けてから病院を後にした。

そして長い一日も終わった。午後二時を回っていた。右足を失くしてから十年の歳月が過ぎていた。この間に、自分自身が生きる自信も掴み人生の再スタートを踏み出していた。この十年間は順調に上手くいっていた。このまま残りの人生が穏やかにいくとは思ってもいないのだが、自分の人生を生き切ることができるか試す時だと頭を切り替えた。この法則はすべての場面で使える自分なりの法則である。ピンチに陥れば、必ずチャンスに変える。それも刹那に。試めすには丁度いいアクシデントである。心がわくわくしてきた。次の診察日までの奇妙な一週間の始まりだった。

「身体を動かしてください」

白髪の少年は差し障りの無い生活そのものが免疫力維持には必要なことなんだと考え、極力自分でできるようにと頭を使った。日中誰も居ない家の中では尺取虫スタイルで動き回り楽しんだ。何事も他人のためじゃなく自分のためなんだ。そう思うことですべてが解決した。白髪の少年の身になると、日常生活の中ではトイレと風呂が一番の難問である。トイレはＯＫなのだが入浴はどうしようと考え、浴室へ下見に行った。すでに使用している浴室の椅子と三面鏡の椅子を使うと両腕の力だけで入れそうである。浴槽に湯をいっぱい張れば、湯船から出るのも一人で大丈夫のようである。

夜実行してみると、多少ぎくしゃくしながら入浴することができた。後は慣れることだけで充分である。膝が完治するまでは両手のついた達磨さん生活である。目線が低い幼児の視線の生活の始まりである。今しかできない生活を結構楽しんでいる。そんな白髪の少年の生活スタイルを垣間見た小学生の孫娘が、

「ばあちゃん、廊下のお掃除、やらなくて大丈夫だよ」

と、台所で菓子を頬張りながら無邪気な声で妻に話していた。

「駄目駄目、隅々までやってないから」

白髪の少年は一晩中、自分が丸い円盤型のロボット掃除機になった姿を思い描いた。

そしてもう一人の自分が囁いた。

「洒落た爺々だな」

孫娘との会話のやり取りは生命エネルギーに溢れている。そして長寿を意識している高齢者にとっては必要不可欠なものである。尺取虫生活が少し板についてきた頃に応募した出版社から電話が入った。

「もう少し原稿を継ぎ足してくれませんか?」

外出しづらくなり、カラオケのレッスンも一人カラオケも、デイサービスも当分休みにしていた。余暇の時間だけがたっぷりとでき、そして暇を持て余していた。もう一人の自分が白髪の少年に囁いた。

「ピンチの裏側がこれなのか？」

一週間後の再診の日が訪れた。ＭＲＩの結果と今後の治療方針を聞きに一人で介護タクシーに乗って病院へと向かった。妻とは仕事の都合で総合病院で待ち合わせた。二人して診察室へ入ると、若い医師はＭＲＩ画像を見ていた。振り向きながらポツリと、

「半月板損傷ですね」

オウム返しに、

「半月板……損傷ですか？」

「酷くなると手術ですね。今はこのまま様子を見ましょう」

「このまま、何をしなくても治るのですか？」

と妻が口を挟んだ。

「多分、大丈夫でしょう」

自信ありげに若い医師は言った。

診察のお礼を言って車椅子の向きを変えていたら、背中越しに、

「できるだけ身体を動かしてくださいね」

と、念を押してきた。白髪の少年は半月板損傷が治って足の筋肉が衰えるのを防ぐためにそう言っているのだと理解し、先生の心遣いに新ためて感謝をした。と同時に自分も高齢者なんだと自覚した。昼を過ぎていたので妻と二人して院内のレストランで昼食を取った。右足を失くした十年前には、通院の度によく通ったレストランだった。白髪の少年が再生するエネルギーを間違いなく頂いたのもこの場所だった。前面の大きなガラス窓越しに見る外の風景に心が癒やされ、風が舞う自然の囁きを聞き、再生プログラムのスイッチがオンになったのも確実にこの場所だった。そんな想い出深い場所である。義足を着けてのリハビリに長い間通院していた。不安から希望を見い出し、ハンディのある人生に勢いをつけたのもこの場所である。妙に居心地の良い

レストランである。誰にも邪魔されることもなく、もう一人の自分と対峙できる心地良い場所である。白髪の少年にとっては、癒やしのスポットでもあった。

目の悪い白髪の少年は、その当時も間違いなく見ていた白い花に目がいった。二階に位置するレスランの窓越しに見える白い花である。細かなところまでは見えないが可憐な花である。ふっと心の余裕なのか花の名前が気になった。

注文を取りにきたスタッフに聞くと、

「アメリカ梨の花ですよ」

「アメリカ梨の花？」

初めて見る花だったが、梨農園の花をふと思い出した。白髪の少年は幼い頃から小さな白い花が好きだった。何故か連想するのはふる里での山遊びの光景である。世の中のしがらみも無く無邪気に飛び回っている姿を何故か想い浮かべる。この場所へ来ると不思議とパワーを感じてスタートラインに着くことができた。白い小さな花が風にそよぐのを見ているだけでも心が落ち着き、癒やしになった。義足生活に慣れ少し余裕ができたその矢先の半月板損傷である。さあどうする、楽しんで治すだけである。

この方法が一番の最高の人生の薬である。大きな前面の窓ガラスの外の風がすーっと走り去って行った。

「またね〜」と。

四つのキーワード

朝七時、雨が夜半から降り続いている。こうしてペンを執るようになってから、物の見方、考え方が確実に変わった。今日もふとそんな感じを抱いていた。「雨の日も良いものだ」と自然に浮かんできた。人間は生老病死を経て、そして生まれる前の世界へ戻ってゆく。誰しも同じ運命を負っている。この実感はシニア世代になれば否応無しに頭をよぎるものである。白髪の少年は第二の人生のスタートを切った頃から、自分の目標を達成するための四つの言葉をキーワードとしてきた。「白髪の少年」と「新井田忠」というペンネームと「赤秋」という言葉と最後は「洒落た爺々」の四つである。この四つの言葉を忠実に実行していけば必ず百十五歳の生涯を全うできると仮定した。自己実現するためには、肉体生命と精神生命を上手く使って達成するだけである。長寿に欠かせないのが、この精神生命である。健康のための肉体生命ももちろん当たり前なのだが、疎かになりがちな心の部分の精神生命が長寿を全うする場合には重要である。十年近く実行していて仮定から確信へと変わった。

・白髪の少年とは

常に前を向き、未来を楽しみにして人生を全うしようとする心を持った老人。実践していくと心は常に少年と化すものだ。

・新井田忠というペンネーム

『関の山から吹く風』のペンネームであるが、いつの間にかもう一人の自分となって人格を持ち一人歩きをしている、今からの人生はこの新井田忠が創り出していくのかもしれない。期待している。

・そして「赤秋」

少年に青春はつきものである。当然白髪の少年にも、今からの青春らしきものが生じてくる。ちょっと味のある赤秋と呼んでみたい。

・洒落た爺々

若者から見た場合に目標となる年寄りを目指す、素敵な爺々、粋な爺々など。

この四つのキーワードの言葉を意識すれば、必ずピンチがチャンスに切り替わる。人生に幅ができ深みができる。そして類のない自分だけの人生が全うできると確信した。自分の生きた証として残し、魂の履歴が繋がった時に印としておきたい。ロマンである。自分勝手な想像である。

半月板損傷の診断を受けて即座に「しめた！」と手を打った。自分の生き様の実証実験をするのにちょうどいい手頃の材料になると閃いた。治癒力を使って百パーセント元通りにしようと決めて、気持ちを切り替えた。ピンチをチャンスに。白髪の少年は人生に無駄な事は起こらないと常に思っている。必要な事が必然に起きる。そう思うことで迷いも消えていき、そして今からの人生はこれに限ると思った。

そんなある日、定期的に北海道の孫娘から電話が入り、いつものようにおしゃべりをし、半月板損傷のことを伝えた。家の中の移動を尺取虫のようにして、トイレ、風呂に入っていると伝えて孫娘の反応を待った。もう一人の自分の悪戯（いたずら）がそうさせるのである。すると、

「じいじ、大丈夫だよ」

「そうか大丈夫か……」

　小学校高学年の考え方である。

「病は気からだよ。忘れて生活すると、すぐに治るよ」

　通り一遍の、つい聞き流してしまう会話なのだが若いエネルギーが注入された気がした。孫娘が言うポジティブな考え方へと繋がっていく。自分の心と潜在意識がキャッチボールしているのである。白髪の少年にとっては在り来りの会話が天使の声に変換するのである。

「忘れることか！」

　そう言えば最近、自分が睡眠を重要視しているのが妙に引っ掛かっている。熟睡している時は確実にすべてを忘れている。この時間に細胞が再生されているのだと、どうやらもう一人の自分が気付いたようだ。良い睡眠とは疲れもストレスも限りなくゼロにしてくれることなのだ。

　今年の一月の終わり頃に一通の手紙が届いた。差出人の名前は知らない名前だった。読み進んでいくうちに三十八年前の情景が浮かび上がってきた。外食産業に足を突っ込み、もがき苦しんでいた時にバイトで手伝ってくれた女性だった。高校三年生で卒業するまでの三ヶ月間だけのバイトだった。長い人生の中でのたった三ヶ月間だけなのだが、四十年近くの歳月が過ぎて何かの因縁で、お互いの人生にクロスオーバーする。そしてお互いに影響を与え合うのである。潜在意識の中には忘れ去った情報が入っていて、何かの条件の下で再び表舞台に出てくる。便箋四枚に綴られた内容は当時の思い出が殆どだったが、五十六歳になり、子供達も無事社会人となり、これからの人生の新たな目標らしきものが掴めそうだと締めていた。ふとした切っ掛けで『関の山から吹く風』をインターネットで購入しての感想文なのだが、ある一行に目が留まった。

大腿骨切断にもビックリしましたが、小説家として再スタートしたのがもっとビックリしました、とあり、白髪の少年は嬉しかった。そして勇気づけられた。読み終えた時には視界がモノクロからカラーにくっきりと甦っていた。

心と潜在意識と魂と

白髪の少年がある日を境にして生き様とか人生とかを考える時に気になる言葉、キーワードがすぐに頭の中に浮かんでくるようになり、避けて通ることができなくなった。巨大な、巨大すぎる問題だった。普通の人間が立ち向かうべきテーマではなく、趣味の範囲で考えるべきものと思って毎日を過ごしていた。一度死を目前にして再び人生を真剣に考えると、今度はすんなりと受け入れられたのだった。そして身近なこととして捉えるようになってきた。それは宇宙である。宇宙が誕生して、何故かこの地球上に生物が誕生し、そして人間が誕生する。短絡的に人間と宇宙の繋がりは、心の扉を開いて潜在意識を通した中にあると勝手に決めつけてみた。そうすると、少しだけだが見えないものを感じ、宇宙エネルギー、生命エネルギーを感じるようになった気がした。後は少しずつの積み重ねである。ビッグバンが始まって百三十八億年だという。百三十五億年前の星が見つかったと言っている。人類がこの地球上に現れたのは、一日の物差しで例えると、一日が終わる何秒か前だという。当然だがすべての生物はこの宇宙の影響を確実に受けている。ラジオは電波に乗って音が聞こえる。テレビは音と絵が飛び込んでくる。

何故か？　私には説明ができない。無理な話である。地球上には人間が考えた建造物がたくさんあり、地球を少し飛び出せば小さな衛星がたくさん飛んでいる。誰かが考えて実現している。とんでもない飛躍した考えだが、白髪の少年は心と潜在意識と魂を使って生きてみようと考えた。信念、テレパシー、インスピレーションの能力アップができないものかと実証実験している。日常生活の中で実行している。あくまでも自分なりの理解の中だけである。根拠も何もない。十年近くやり続けているとそれらしき効果も見えてくる。百十五歳まで健康で生き抜くと決めて潜在意識と身体の隅々の細胞までも真剣に伝えている。当然ながら他人様との会話にもよく使っている。すると宇宙エネルギーが協力してくれそうな気になってくる。大切な「その気」のスイッチがオンになる。誰かが月で生活してみたいと考えていた。その思いが実現しそうである。その先の何百光年離れた星に行こうとする。世代交代しながら村ごとの旅である。これも実現すると思われる。すべてが心で思ったことしか実現しないのである。自分の寿命を百十五年と決めて成就するのが簡単に思われてきた。誰にも迷惑をかけずにできるか、実証実験である。心と潜在意識と魂のコラボレーションである。『関の山から吹く風』の本の中に少しそれらしきことを書いた。宇宙のひと呼吸、人生の長さ、呼吸のリズム、心臓のオン・オフ。宇宙の子供である人間に何らかのサインを出し続けていると思っている。不可抗力、不慮の死を避けるには、気付きにくいが予知能力を信じている。ここでも、心が喜ぶことを全力投球してやる事を信条としている。そう切り替えると生き方にブレが少なくなり迷いも減った。

心と潜在意識を使うために、少し「気遣う」ことから始めた。少しだけ今までよりも深く物事を掘り下げ、少し相手の立場に寄り添ってみたり、日常的に繰り返すようにしたりしている。習慣化できると、意外な効果が出てきた。落ち着き、同時にリラックスでき怒ることが皆無になった。ここ十年の賜物である。そして自分の人生を振り返り、自分の中の人生が、どうあるべきかが見えてきた。半月板損傷を患ってから三週間が過ぎ、全然動けない状態から、ゆっくりと散歩も再開している、義足を頼りにして歩き始めた。太陽の日差しを浴びて免疫力をアップしている。そう信じて喜んで散歩に出掛けると、日差しも風も草の匂いもすべてが薬になって生きるエネルギーとなってくる。園芸の経験ゼロ、知識もそんなにない白髪の少年に、何故か、小さな針植えの蘭の花が五年近く側にいる。母の日の孫娘からのプレゼントだ。朝晩の水やりだけで毎年、ピンクの小さな花を咲かせてくれる。三十個近くの花が咲く。何の環境が合ったのか咲いてくれる。枯れないように水だけをかけている時間と共に何故か話しかける事が多くなり、今では蘭の花と妙に気が合って、常に気にしながら毎日を過ごしている。毎年ゴールデンウイークに咲き始め、七月の妻の誕生日を過ぎた頃に必ず散ってゆく。大切な家族となって、居間の窓際に鎮座している。

じゃ〜またね

今年も数は少ないものの年賀状が届いた。その中で傘寿、八十歳を祝う写真がついた年賀状があった。亡くなった恩師の奥様の年賀状である。孫まで写っている集合写真で総勢十名が写っていた。その中の一人に目が釘付けになり、自然と涙が溢れてきた。懐かしい恩師の姿が脳裏にくっきりと浮かんできた。定期的に出している手紙にその旨を書き記して返事を書くと、同居している娘さんから折り返し手紙が届いた。封を開きながら奥様が亡くなったのではと頭にそんな予感がした。一月三十一日に永眠しましたと綴ってあり、そして写真を見て流した涙は恩師の懐かしい面影ではなく、実は奥様のお別れのシグナルだったのだと咄嗟に反応し、改めて涙が込み上げてきた。

白髪の少年は変なジンクスを抱いている。実は昨秋、とても世話になった義姉を亡くして消沈していた。娘さんが差出人だったことで、心のどこかで「やっぱり」と受け取っていたのかもしれない。すると、今度はサークル仲間の親しい友人が突然に別れも告げずに逝った。『関の山から吹く風』の小説を書き綴っていた時の良き理解者で一番の応援者だった。この三人の方々は年齢からすれば、いつお別れがきてもおかしくないのだが、続くと寂しいものである。白髪の少年は別れの時のルールを自分の心の中で決めていた。出逢いの時と同じ気持ちで別れようと。心の中ではいつまでも生きているのだと。

「じゃ～またね」の精神でのお別れである。宇宙時間で言えば十年も五十年も変わらない。そんな一瞬の時間で生きているし、関わり合っているのだから。

「じゃ～またね」

すぐに会えるのだから？　そう思って別れた方がロマンがある。誰も、その明解な答えを出す人は存在していないのである。

「じゃ～義姉さん、またね」

と別れ、

「じゃ～奥さん、あちらで会いましょう」

「もう少し、この世で楽しんでからそちらへ行くから」

と仲間に別れを告げた。出逢いと別れの話は北海道に住んでいる孫娘との会話の中から生まれ、そして約束したことだった。

「じいじ、学校で別れる時の挨拶に言う〝さようなら〟は使いたくないんだ」

「どうして？」

「だって次の日に会えるのに可笑しくない？」

「そう？」

「じゃ〜またね」

この言葉が一番良いと孫娘は言い切った。そして約束したのだった。白髪の少年もそう思うようになり、

「さようなら」と言ってそれっきりよりも、またどこかで会える余韻を残した「じゃ〜またね」の方がロマンがあって良いなと思い、〝さようなら〟は封印したのだった。

彼岸を過ぎた春めいた日に先生の娘さんから便りが届いた。ふる里の太宰府に眠っている恩師の元に奥様の納骨式を済ませた内容の手紙だった。当日は雨模様で肌寒い一日だったが、二人を一緒にすることができて安心しましたと結んであった。関東と

福岡の骨壷（こつつぼ）のサイズが違うようで納めるのに苦労したと、そしてなんとか納まったことが非情に嬉しかったと書いてあった。そして、式の最後に手を合わせて囁くように、

「お父さん、お母さんをよろしく」

小雨の降る中をそーっと空を見上げて悠久の時間の中に呟いた。

「じゃ～またね」

子供達も続いて、

「じいちゃん、ばあちゃん、またね」

お坊さんも、子供達に合わせて、

「いずれ、あの世で必ず会える。束の間の別れじゃ」

そんなふうに太宰府での納骨式も無事終えたと、手紙に書かれていた。白髪の少年は人事ながら何故か有り難い事だとふる里を思い浮かべた。そして恩師の娘さんとは心が通じた感覚になり、より身近に思った。これも孫娘との約束が実を結び、小さな赤秋なんだと潜在意識の中に静かに納めた。

長寿と健康を考え、散歩を日課として習慣化し、それに歩調を合わせるように心の

トレーニングをしている。すべてのことを楽しんで免疫力をアップさせ、楽しむことで効果を倍増している。心に栄養を摂り込むと、必ず潜在意識を通して自己実現している。よちよち歩きをしていた幼子が中学生になる。驚きの変化である。それに比べて老人の変化はあまり見られない。表向きには変化なし、しかし生老病死を経験し死だけを残す年代になると、不思議といろいろな事が見えるようになる。そう考えると人間誰しも大器晩成なのだ。人生を全うするのが大切なのだ。どんな事があっても生き抜き、そして諦めずに生き切ることが大切なのだ。小さな物語の完成ほど素晴らしいものはない。生命エネルギーに溢れた幼子の十年としょぼくれた老人の十年は明らかに違う。ただ過去が少なく未来が大きいだけなのか。過去が大きく、未来の少ない人間はどうすればいいのか。時の戯(たわむ)れに陥らないように、幼子の気持ちで生き抜いてみたいと、ふっとそう思った。

そして赤秋

昨夜は台風並みの低気圧が通過したらしくサッシの窓ガラスが激しく軋んでいた。白髪の少年は、朝までには雨が小降りになってくれると良いのにと気を揉みながら一夜を過ごした。朝八時四〇分に介護タクシーが時間通りに迎えにきた。白髪の少年はいつものようにすでに玄関に腰をかけて待っていた。古稀を数年前に迎えていた初老である。

「おはようございます」

介護タクシーのドライバーさんが、今朝の空のように晴々しい声で挨拶してくれた。

「昨夜は大変な荒れようでしたね」と。

挨拶を交わしながら後部座席へ乗り込んだ。介護タクシーを使い出したのはごく最近のことである。それまでは普通のタクシーを利用していたのだが、身体障害者になってからは使い勝手がいいので、今ではよく頼んでいる。今日は義足を装着するようになってから数年が過ぎたので、微調整のために総合病院へ行く日なのである。白髪の少年は、義足を着けてリハビリに励んでいた頃を遠い昔のことのように思い出していた。

不安だらけで思うように歩けず、ロボットが動いているようなギクシャクした動きだった。身体の一部が紛れもなくサイボーグ化した感じでいた。そのくらい大きな自分自身の変化だった。それが今では義足が身体の一部になり、すっかりと馴染んでいる。今では、人間の有能さと能力の深さにいつも感心して生きている。これも右足を失くした賜物であると感心すると同時に、生きてきて良かったと感謝している。自分がハンドルを握っている時と、こうして後部座席で見る世の中は同じ景色のはずなのだが、全く違って見える。これも右足と交換して新しく得た世界だった。自分史をつくり上げて、生きる目的らしきものを見つけ再スタートを切った。と同時に今までに出逢った人達の中で無性に気になる逢いたい人物が数名浮かんでいた。意識して生活していると、心の奥底に眠っている潜在意識も目覚めるようである。この感覚が分かるようになった。タクシーは予定よりも早く病院に着いた。

「気をつけて、いってらっしゃい」

「どうも、ありがとう」

お礼を言って白髪の少年はタクシーを降り、広い総合病院の中の義足専門医がいるフロアへと向かった。待合室に着いて呼ばれるまで、いつものように静かに呼吸法をしながら時間を潰した。時間の有効利用とストレス解消である。暫く繰り返していると、カバンの中のスマホの着信音が聞こえた。開いてみると田舎の妹からのメールだった。

「お兄ちゃん、暇な時に電話ちょうだい!!」

白髪の少年は二週間ほど前に頼んだ件での返事だなとメールを返した。

「十一時頃に電話するよ」

診察ではないので時間通りに部屋に入り、義足の使い勝手の不都合と、細くなった太ももの型取りを済ませた。義足をつくった時の担当技師だったので思ったよりも早く終わった。義足をつくってから初めてのリニューアルである。今まで以上に身体に馴染んでくれると期待し、また身体の方も義足に寄り添ってより馴染むようにと願った。会計で清算してタクシー乗り場の端の人気の無い所から妹に電話を入れた。

「お兄ちゃん、今電話大丈夫とね」

相変わらず大きな健康的な声だった。九州訛りの懐かしい響きだった。

「今、病院で用事は済んだよ」

「どこか悪いと?」

「いやいや、義足の調整なんだ」

妹はいつもの如くテンポの速い喋り方で一方的にあれやこれやと話し、一向に本題に入らない。痺れを切らして頼んだ件に話を戻すと、

「福岡に帰ってくる日は何時になるの?」

「俺は何時でも大丈夫!!」

白髪の少年は亡くなった両親の夢を立て続けに見ていた。墓参りをと思い考えていた時、ふと両親とのやり取りを思い出した。

「俺達が死んで、会いたくなったら高塚地蔵に来てくれ」

実家から車で二時間近くかかる場所なのである。両親が元気な頃には白髪の少年が

何回か一緒に参拝した所だった。両親が何故かお気入りの所だった。自分の力だけしか信じない父親だったが、そんな父親が言った。

「この高塚地蔵に来い」

妙にアンバランスな言葉が白髪の少年の心に残っていた。墓参りと高塚地蔵参りを妹に連れて行ってもらうつもりだった。墓参りだけだと簡単なのだが、高塚地蔵まで足を延ばすとなると、どうしても一人では無理なのである。即行動人間の白髪の少年にとっては、こんな時に右足を失ったことで生じたもどかしさや不便さを痛切に感じる。

「私は忙しくて行けないけど、車で一緒に行ってくれる人がいるから、どう？」

福岡空港まで迎えに来てくれるらしい。高塚地蔵へ行く段取りも全てやってくれるらしい有り難い話だった。身体障害者であることも伝えているのかを確認すると、

「大丈夫、お兄ちゃんをよく知っている人だから、心配しないで」

不気味だった。田舎を離れて六十年近く過ぎて、同窓生以外は繋がりなど全くないのである。ヒントだと妹が言った。

「二人っきりで関の山の麓に木苺を取りに行った人」

「工藤小夜子……さんか？」


三歳年上の女の子で、弘田三枝子似の活発な人だった。

妹に念を押しながら頭の中はモノクロからカラーへと広がっていた。

「小夜ちゃんか？」

「お兄ちゃん、よく遊んだでしょう」

関の山でよく遊んでいた時に偶然迷い込んだ谷底で木苺を見つけたのだった。陽当たりのよい斜面一面に木苺がびっしりと生えていた。入れ物を持っていなかったのですぐ帰り、竹の籠を持って山に戻ろうと急いで家を出た。

「男が籠を持って、どこに行くの？」

後ろから声がした。小夜子だった。

「秘密の場所で木苺を見つけたんだ！」

走りながら答えると、

「暇しているから、私も行くわ」

夕方近くの時間だったので、急いでいた。枝を折った印を辿りながら木苺の場所へ向かった。小夜子も遅れまいと無言でついてきた。白髪の少年が立ち止まると、小夜子が背中にぶつかった。

「どうして、いきなり止まるのよ!!」

視界が広くなった先を指で差した。

「凄(すご)い!!」

斜面一面に木苺の枝が垂れ下がっていた。白髪の少年は妹達に食べさせようと摘み始めたが、それでは潰れてまずくなるから枝ごと持って帰るようにした。摘んだ分は小夜子と二人してその場で食べた。食糧事情の悪い時代の話だった。


「細かいことは後で電話するわ」

と、電話を切り、帰りのタクシーの中で漠然と小夜子のことを考えているうちに、ある小さな出来事を思い出していた。工藤小夜子、高校三年生で謎めいた女性だった。

そして突然の別れだった。自分史を作成している時に炭住長屋で大騒ぎになった一晩だけの家出、失踪事件があったことを思い出した。すっかり忘れ去っていた。肝心な所が全く記憶に残っていない、虫食い状態でしか残ってない。そのまま潜在意識の中に埋もれていた。秘密の木苺の一件からどうやら再び潜在意識が働き始めたらしい。落ち着かない日々が続いた。突然の別れから六十年近くの歳月が流れていた。しかし、その反面、昔懐かしい恋人にでも会えるような淡い期待も抱いていた。今までに何回となく帰省していたが、今回はまた特別な帰省になりそうだった。すべての手配を小夜子の方で済ませてくれたので、身体一つの旅になった。福岡空港で無事行き逢えるのかと妹に念を押すと、

「大丈夫、お兄ちゃんの格好はすぐ分かるから」

と、一笑された。当日は出口まで車椅子で行き、待ち合わせ場所へは歩いて行った。身体障害者は最後に降りるために待ち合わせ場所は閑散としていた。

「新井田忠さんですか?」

若い声が後ろから聞こえた。

「ハイ、新井田です」

ゆっくりと振り向くと、青年がペコリと頭を下げた。

「小夜ちゃんの……」

青年の顔を見ながら少し躊躇していると、

「小夜ちゃんは、僕のお婆ちゃんです」

笑顔で答えた。

「小夜子さんは……」

周りを見渡しながら言うと、

「すぐに来ますので」

と、スマホを弄りだした。

暫く待っていると、

「まあ!!　お父さんそっくりね」

懐かしい九州訛りのする声がした。子供の頃よりも小さく感じたが、紛れもなく小夜ちゃんの声だった。

「大空、車をもってきて!!」

小夜子は一人で迎えに来るつもりだったのだが、孫の大空が免許取って車の運転をしたいばっかりに一緒に来たと言っていた。空港を出てすぐに高速に乗り、高塚地蔵へと向かった。

小夜子とは六十数年振りの再会である。ぎこちない会話で始まったのだが、どうやら父親の葬儀とその一年後の母親の葬儀にも参列していたらしくて、会話に弾みがついてきた。白髪の少年が形ばかりの喪主をやり、最後に参列者にお礼の言葉を述べるところを見て安心し、同時に父親に似ているとつくづく思ったそうだ。白髪の少年が一番知りたかった家出なのか失踪なのか、事件のことを尋ねると、

「その話は今夜ゆっくりと話すから」

と、断りながら妖しげに目で合図した。この時は女学生らしい顔になっていた。車で高塚地蔵に向かっているのに、周辺のことを熟知していたので白髪の少年が少し怪訝な顔をしていると、

「私もよく一緒にお参りしていたのよ」

と、何でもないことのように言った。そして白髪の少年の顔を見ながら当たり前のように呟いた。

「石段の途中の食堂で、今日も団子汁を食べましょう」

両親と行くと必ず立ち寄る食堂である。定番のコースである。食べるメニューも必ず同じだった。そして白髪の少年が最も驚いたのは、食堂のすぐ裏にある店主の自宅の駐車場に車を止めたことだった。

「これも忠君（ちゅうくん）のお父さんの教えよ」

父親だけに許されていた特別の駐車場だった。白髪の少年は十七歳でふる里を飛び出して弟妹に家を任せてきた。その後も小夜子と両親は切れずに付き合いをしていたのだろうか？

謎めいた絡んだ糸が少し解けだした。時間をかけて境内をゆっくりと参拝し、そのところどころで両親と交わした会話を思い出しながら在りし日を偲んでいた。当時の会話として現実味のない会話なのだが、時間の悪戯（いたずら）だけが存在していた。

「何の形跡も残って無いな」

という言葉が口から漏れた。白髪の少年はこの境内で時間の許す限りゆっくりと過ごしたかったのだが、定番のコースの食堂へと入って行った。

「大空、貴方は離れたテーブルでスマホで遊んでなさい」

と隅の方を指差した。そして白髪の少年に、

「両親の指定席、覚えている？」

と言いながら、勝手にその指定席に座った。テーブルには昔と変わらず参拝した人達の名刺が、透明のテーブルクロスの下にランダムに挟み込まれていた。白髪の少年も自分の名刺を探した。もう残ってないなと顔を上げると、

「以前に私が頂いて持って帰ったわ」

両親が亡くなったことを店主に告げて、その時に名刺を持って帰った。外食産業に携わっていた頃の名刺だった。

「大空と書いて〝そら〟と呼ぶの、可笑しな名前でしょう」

小夜子は白髪の少年に対していつも話しかけているかのように話した。それとも、白髪の少年に父親の面影を見ていたのかもしれない。あるいは人生に於いて特別な関

係の人には、時間も距離もまったく関係なく接するのかもしれないと心の中で思っていた。その証拠に白髪の少年自身も、小夜子の前では時空を超えて素直に接することができた。こんな思いや考え方になったのは、人生を考え振り返っているうちに心とか潜在意識とか魂の存在を考えるようになってからだった。特に潜在意識の存在は絶大だと信じている。

「私がある時からあなたの家に入り浸りだったの、覚えてる？」

小夜子の顔を正面からまじまじと見た。

「そう、宿題をしている時とか、日曜日の昼間とか、いつもよく来ていたよね」

理由は知らなかったけど、親戚でもない小夜子が頻繁に来ていたことを覚えていた。その一つの理由に同じ炭住長屋の四軒先に小夜子は住んでいた。お互いに家の裏口からも出入りしていた。いや裏口から出入りするほうが主だったような記憶もある。白髪の少年が中学生三年生の時のことだ。夕方風呂に入っている時に浴室に入り込んで話し込んだのを覚えている。その結果湯あたりしたことがあった。小夜子は高校三年生だった。高塚地蔵で団子汁を食べる度にいつも思うのだが、幼い頃に食べた素朴な味を思い出す。話に夢中になりながらも、二人はすでに完食していた。離れたテーブルに目をやると、相変わらず大空はスマホを弄っていた。高塚地蔵を後にして小夜子の住んでいる田川市へと向かった。高速は使わずに一般道で山間の道を行った。実家から両親と来る時に使う道だった。川沿いに曲がりくねった山間の道だった。以前と全く変わらず懐かしい風景だった。小夜子は詳細なことは言わなかったが、高齢者向けの施設を運営しているらしく、大きな家で独り暮らしのようだった。自宅までは結構な時間なのだが、小夜子と両親の付き合いの深さが垣間見えてきた。白髪の少年がふる里を離れてからの両親とのかかわりよりも、小夜子と両親とのかかわりの方がはるかに大きかった。このことは白髪の少年にとっては寝耳に水で、意外なことだった。両親と白髪の少年と小夜子との謎めいた関係。どうやら小夜子は白髪の少年とゆっくりと、心ゆくまで話したいようで夕食も外で簡単に済ませ自宅へと急いだ。独り住まいにしては大きすぎる家だった。

「婆ちゃん俺、友達の所へ遊びに行くよ」

大空が車を降りずに言った。

「運転には充分に気をつけるんだよ」

大空は手で合図して、そのまま走り去って行った。

「車の運転をしたいばっかりに、今、家に居るんだから」

と、白髪の少年に向きながら小夜子は言った。

玄関に上がり居間に入ると、部屋の片隅に電動の麻雀卓があった。

「へえー、麻雀やるんだ!!」

「ボケ防止のために時々みんなで集まってね」

家の中はあまり生活の匂いがなく、きれいに片づいていた。小夜子はコーヒーを入れてきて、白髪の少年にテーブルに着くようにすすめた。

「さあ、今からが本番よ」

何から話そうかと思案気に白髪の少年に言った。

「俺はあまり何も覚えてないし、小夜ちゃんとは繋がりが……」

「忠君(ちゅうくん)はまだ子供だったからね」

「でも中学三年生だよ」

「私は高校三年生で、この年代での三歳の年の差は大きいよ」

どう考えても女性との三歳の年の差は大きいと白髪の少年はしみじみと感じていた。小夜子はどうみても立派な大人の女性だった。当時は確かに子供扱いだった。白髪の少年の前では女性の色香を振りまいていた。姉弟のようにしていたから圧倒されて困り果てていた。その当時の小夜子は、父親か母親のどちらかに興味を持っているようにもみえた。そうした矢先に例の失踪事件が起きた。その時の原因を父親から、

「俺達の夫婦喧嘩を見て驚いて家を出た」

と、釈然としない言い訳を聞いた。

蒸し暑い夜だった。やっと眠りについた時だった。

「忠（ちゅう）、起きろ」

父親が血相を変えて白髪の少年の枕元に突っ立っていた。夜中の十二時を回っていた。白髪の少年は寝ぼけ眼で上体を起こした。

「小夜子がどこかに行って、居ない」

どうやら大人連中が心当たりを探したのだが見つからず、三時間余りが過ぎていた。母親が白髪の少年なら行く先を知っているかもしれないと言い、起こされたのだった。

「まだ近くにいると思うから、山の手の方を探してくれ」

そう言い残して父親が飛び出して行った。白髪の少年も素早く着替えてすぐに後を追って家の前に出た。母親と小夜子の両親が探した場所の確認をしていた。白髪の少年を見るなり関の山の麓を中心に探すようにと言われて状況も分からないまま、登山口を目指した。遊び慣れた山でも夜中の山は別物で恐いものだった。民家のない田んぼの畦道を通り、近道をして足早に駆け抜けていた。月明かりで足元はよく見えていたのだが、草むらの中から聞こえる小さな音や、いつも見ている木立ちが目を凝らして見ると人が動いているように見えてくる。もう一度確認すると動いてない。ただの立ち木だった。人間、恐怖に陥ると、こんな現象を見るんだと実感した。俗に言う錯覚である。白髪の少年は自分を叱咤激励するために少し大きな声で流行歌を唄いながら歩いた。

小枝を振り回しながらリズムを取り山の入り口まで辿り着いた。そしていつも座る岩に腰かけて考えた。

「小夜子が馬鹿なことをしなきゃいいがな」

白髪の少年を起こした後に父親が呟いた。白髪の少年は早く見つけないといけないと焦ったが、どこを探せばいいのかまったく思い浮かばなかった。暫く動けずに岩の上で考えあぐんでいた。

「隠れるなら、あの小屋だ」

炭住長屋の近くにある農機具を収めている崩れかけた小屋だった。つい一週間ほど前に白髪の少年がテスト勉強していると、窓ガラスを叩く小さな音がした。窓を開けると小夜子が屈み込んで隠れていた。セーラー服姿だった。自分の口に指を当てて、小さな声で、

「私のベッドから着替えを持ってきて」

どうやら家に戻れない事情があるようだった。

「見つかるといやだよ」

「今家には誰もいないと思うから、裏口から入って持ってきて」

昔の炭住長屋だから裏口から入るのは簡単なことだった。今の住宅ならそうはいかないが。親分肌の小夜子には、白髪の少年は絶対服従だった。言われた通りに紙袋に着替えを入れて小夜子が待っている農機具小屋へ持って行った。

「遅かったね」

紙袋を受け取りながら外で待つように言った。小夜子は着替えてすぐに出てきた。

「これ持って帰ってあなたの部屋に隠しといて」

セーラー服の入った紙袋を渡して走り去って行った。

「あのぼろい崩れかかった小屋に違いない」

確信しながら歩き出した。傾いたドアを少しだけ開けた。板の隙間から月明かりが差し込んでいたが、ドアはそれ以上開かず、中には入れなかった。

「小夜ちゃん」

何回か声をかけて暫く中の様子を窺った。白髪の少年は確信していたのだが中には入れなかったので、小屋の外から、

「小夜ちゃん、みんな心配しているから変なことを考えないで帰ってきて」

そう声をかけてから、その場を離れた。

白髪の少年は小夜子がどこに隠れていたのか、どうして失踪したのか、本当の原因は何だったのか、知らない。この騒動の後、暫くして小夜子一家は引っ越して炭住長屋から消えた。白髪の少年はそれ以来会ってない。ところが小夜子の方は事あるごとに少し離れた所から白髪の少年を見ていたのだ。


白髪の少年と小夜子との間柄は表面上では何もない。悠久の時間の流れの中で奇跡に近い、見落としてしまいそうな刹那の炭住長屋での出逢いだった。潜在意識の中以外ではすっかりと忘れ去っていた。発端は両親の単純な墓参りだった。こんな綾が人生には起こり得るのである。そんなことを考えると、一人の人生の価値は何事にも代え難いものである。全く関係ないようであるが実はしっかりと繋がっているのである。

人生の最終章近くになって甦ってくる。

「私が忠君の家に入り浸りになった訳から話すわ」

ゆっくりとコーヒーを飲んでから小夜子が言った。白髪の少年にとってはすべてが謎めいたベールに包まれた小夜子だったので、

「いいよ、好きな所から話してよ」

と、謎解きを聞く態勢だった。白髪の少年が炭住長屋に引っ越してきた時は、すでに小夜子一家は住んでいた。初めの頃は父親が怖くて近寄らず挨拶すらできなかった。

「私が不良少女だったからね。知ってた？」

「何となくそのイメージは、うっすらと残っているよ」

やんちゃで手に負えない不良少女だったのを、小夜子は強調していた。

「私の周りにいる大人達は全然怖くなかったわ」

しかし白髪の少年の父親だけは苦手だったらしく近づかなかった。そんな小夜子が白髪の少年の父親に対するイメージが大きく変わる出来事が起こったのだ。土曜日の夜、飯塚市の繁華街で他校の不良グループと喧嘩して飯塚署に連れて行かれて取り調べが終わり、それぞれに親達が迎えに来たが、小夜子の両親だけは迎えに行かずに放っていた。署長が困り果て、白髪の少年の父親の所へと相談にやってきた。父親本

人もいろいろあって世話にもなっていたが、署長とは顔馴染みでその筋の人達の相談にも乗っていた。小夜子の親と話をして結局は白髪の少年の父親が迎えに行った。小夜子は、いつものように大声で怒鳴られると思い不貞腐れて白髪の少年の父親を見た。

「嫌な思いをしたな。さあ帰るぞ」

そう言っただけで連れて帰った。帰る道中も小夜子の言い分だけを頷きながら聞き、自宅まで送り届けた。泣き喚く両親を逆に宥めた。小夜子は今までの大人とはちょっと違うと思い、

「今日の引受人、有り難うございました」

と小さく頭を下げた。

「俺の経験からいくと、若い頃はいろいろとある。しかし、あまり無茶はするな。困り事があれば相談に来い」

小夜子の肩を軽く叩きながら言った。それ以来、小夜子は白髪の少年の家に出入りするようになった。初めの頃は両親が留守だと帰っていたが、すぐに白髪の少年を弟のように可愛がり、両親を「兄ちゃん、姉ちゃん」と呼ぶようになり、慕っていた。

それが度を越して母親の嫉妬心を呼び起こし、夫婦喧嘩になったのである。当時を振り返りながら小夜子は、

「私があまりにも甘え過ぎて、近づき過ぎたのね」

「夫婦喧嘩は日常茶飯事だったからな」

よく喧嘩もしていたが確かに夫婦仲はビックリするほど良かった。それが証拠に父親が亡くなって、すぐ母親が後を追った。失踪事件の原因は小さな夫婦喧嘩なのだが、母親の感情が油を注いだ状態だった。

「あの時、一体どこに隠れていたの？」

「あなたが思っていた通り、あのオンボロ小屋の中にいたわ」

「出てくればよかったのに」

「いや、出て行かなくて正解だったわ」

小夜子は夜が白々と明けるまでに考え続けたらしくて、このままではもっと大きな不祥事を起こしそうで恐くなったらしい。

「そして、自分で決心したの。あることを」

「何の決心をしたの？」

小夜子が絡んだ夫婦喧嘩の後からピタリと白髪の少年の家には寄り付かなくなった。そして夏休みの終わる頃に小夜子の家族は福岡市内へと引っ越し、白髪の少年の前から居なくなった。不良グループと別れて真面目にやるからと、嫌がる両親を説得して炭住長屋を出た。卒業するまで待てずに実行し、福岡市内から高校へ通った。凄い決心でパワーだと白髪の少年は感じた。

「あなたとの縁は見た目には切れたけど、兄ちゃん達には、時々会っていたのよ」

日常生活を離れ、雑音の少ない部屋で寛ぎ、コーヒーを飲みながら遥か昔のことを思い出す至福の一時を感じていた。過去のすべてが黄金に光り輝いていた。不幸、幸せ、運、不運を通り越した世界だった。小夜子が言った。

「あなただけが知らないことが結構あるのよ」

両親と小夜子と白髪の少年、何か見えないがしっかりと繋がっている。両親が手の届かない所に行って分かる人生の綾。

「私がこれから話すことはあなたの知らないことが多いと思うわ」

そう言いながら、先に風呂に入るようにすすめてくれた。白髪の少年は風呂に入るのに少し時間がかかる。時計を見ると九時を少し回っていた。頭の中では偉人の人生を紐解くようで心が躍っていた。頭の中を整理しながらゆっくりと湯船につかっていた。右足の無い白髪の少年は、広い浴室は苦手だった。真新しいパジャマが籠に入っていた。妹からは身体一つで来るように言われていたため、何の用意もしてなかった。身体障害者には荷物は御法度である。

「籠の中のパジャマを使って」

いつものように右足の部分に結び目をつくってテーブルに着くと、

「もう手慣れたものね」

と、しげしげと見詰め回した。

「よく似てきたね」

「みんなによく言われるよ。特に弟や妹からはね」

「大空に用意したパジャマだけど、馬子にも衣装ね」

小夜子には白髪の少年が父親とダブって見えるようで、時々違った視線を感じていた。

そして含み笑いをしながら、

「忠君が私の下着姿を見て慌てたことがあったよね。覚えている？」

小夜子に呼ばれて声もかけずに、いきなりドアを開けたことがあった。着替えの真っ最中だった。小夜子の驚いた仕草に白髪の少年は顔が真っ赤になり、目ん玉が飛び出るくらい怒られたことがあったのだ。

「あの時は本当に恥ずかしかったわ」

その時までは指図ばかりする親分肌の姉貴だと思っていたのだが、子供心にもちゃんとした女なのだと妙に納得していた。

遠い昔のことなので記憶もハッキリしないためか、両親に対するイメージが本当に薄い。白髪の少年の祖父の出身は熊本の八代地方しか分からず、その先は全く分からない。当たり前だが家系図などもちろんない。

「事実は小説よりも奇なりよ。まだまだあなたの知らないことがたくさん、あるわ」

そう言い残して急いで浴室へ向かった。白髪の少年は帰省する度に妹達から父親の生活や行動を面白、可笑しく聞いていた。「親父の人生」というタイトルで一冊本ができると興味半分、真剣半分に思ったことがあった。息子でありながら父親の人生の半分も話すことができない状態なのだ。ベールに包まれた空間だらけの父親の人生だった。小夜子との再会は父親を知る大切な時間でもあった。終活ではないが、自分の生き様を見極めようと心してから、縁とか魂とか潜在意識に興味を抱き独学で勉強した。父親の夢を立て続けに見て、妹を介してひょんなことから小夜子に繋がった。中学生の頃に忽然と姿を消した小夜子にである。心の奥底にある潜在意識が働き出していたのである。両親と小夜子と白髪の少年、白髪の少年だけが蚊帳の外だった。頭の中はいろいろな思いが交錯していた。そこへ小夜子が戻ってきて、いきなり切り出した。

「私達、夫婦になったのかもしれないのよ」

「夫婦?」

「そうよ、正真正銘の夫婦よ」

白髪の少年の父親が勝手に決めていたようだった。父親に気に入られた小夜子に言った。

「男が立派に一人前になるには、それなりの女が必要だ」

しかし、この話には母親が猛反対した。

「年上の女は駄目だ」

この話を小夜子から聞いた時、母親とのある会話を思い出していた。小夜子の面影を引きずっていたのか、白髪の少年が二十歳を過ぎた頃に、結婚相手の相談をした。三歳年上の相手と一緒になりたいと、すると、

「また、三歳年上の女か!!」

いい加減にしろという顔で即反対した。その後、今の妻と式を挙げて帰省した折に、妹がそっと白髪の少年に囁いた。

「本当は兄ちゃんの嫁さんは決まっていたのよ」

いつもなら、母親は白髪の少年が帰省するのを大歓迎するのだが、この時ばかりは不機嫌だった。母親の態度と妹の話が繋がった。両親と小夜子の四方山(よもやま)話をいろいろ聞いているうちにある不思議な出来事を脳裏に思い出した。事業を起こし拡大し、こ

れこそが自分の人生の最終目標だと信じて猪突猛進で頑張っていたが、途中で違和感を抱き五十代の半ば頃に事業をストップした。潜在意識の中に、織田信長の人生五十年ではないが、本当の自分の人生をと目が覚めた。事業の整理をする順番を間違えて借金を残し、苦しみ喘いでいた時に、最後の借金を払ってくれた人が現れた。窓口は妹だったのだが、本当の助け人は分からなかった。何人かの人を介していたので皆目分からず、どん底の生活の中でそれ以上探る余裕さえなかった。二度有る事は三度有るのか、類は友を呼ぶのか、人生どん底の時に大腿骨を切断する。動ける状態ではなかった。そして初めての高塚地蔵参りである。小夜子に恐る恐る聞いた。

「実は大金を払って助けてくれた人がいるのだけれど……」

「ああ、その件ね。実は私なのよ」

小夜子はあっさりと口にして続けた。

「あなたのお父さんとの約束を守っただけなの」

そして、当然のことをしただけと言い放った。

事業を拡大している時から父親は心配していたようだった。その時から何かあったら頼むと小夜子に言っていたようだった。父親の病気が進み、施設を手配したのも小夜子だった。亡くなる寸前まで見舞いに訪れ、父親の話し相手になり最期まで寄り添っていた。小夜子の簡単な一言だったが、目に見えるだけの関係では言い表せない、もっと深い部分があるようだ。父親と小夜子とそして白髪の少年、この人間関係を必然だと考えると、どうしても人生の妙を感じてしまう。必ず生老病死を経て消えてゆく、これで終わりなのか？　自分のＤＮＡを受け継いでゆくのは分かっているが、不思議な縁や潜在意識は、愛とか恋とかを遥かに超えた異次元の世界にある。白髪の少年はそう信じている。小夜子との再会は、そんな貴重な一日となった。その夜は小夜子も隣に布団を敷き同じ部屋で一緒に寝た。ふる里に戻ると必ず祖母の歓迎を受ける。それを楽しみにすぐに深い眠りに入った。小夜子がいつ寝床に就いたのかは覚えていない。「明日の昼食は庄屋を改装した日本家屋のレストランで妹と三人で取りましょう」心地良い響きだった。

翌朝は、白髪の少年は爆睡していた。小夜子に起こされるまで目が覚めなかった。軽い朝食を取り、両親が永眠しているお寺に参拝して待ち合わせ場所へと向かった。

小夜子は慎重に慎重を重ねた運転をしていた。若い頃の動作から考えるとイメージが合わず、時間の過ぎ去ったことだけが心に重くのし掛かっていた。

「私、とっても運転が苦手なの」

そう断りながら、だからいつもは助手席に乗っている方なのと言った。白髪の少年も免許の更新をせずに返納していた。

「焦って帰る旅でもないから、ゆっくりで大丈夫だよ」

そう答えながら心の中では二人の時間が急速に過ぎ去った空しさを実感していた。人生に於いての時間とは、過ぎ去ればすべてがあっという間だったように感じる。そして、疎かに過ぎ去った気がする。せめて終わり良ければすべて良しの精神で締め括りたいと考えている。庄屋のレストランに着くと、広い庭園に面した縁側の場所に通された。日本人だからか、居心地のいい場所だった。

「このレストランには兄ちゃん夫婦とよく来たのよ」

若いうちに飯塚を離れた白髪の少年は、疎遠だった両親の生活の一部を垣間見た。そして小夜子と両親の縁の深さも感じた。

「自分の生きた証を本にしたいんだって？」

妹から聞いたらしい。

「日本で一番の長寿を目標にしているの？」

「真剣にそう思って挑戦しているよ」

「だったら世界一を目指しなさいよ」

小夜子が発破を掛けてきた。

「そうすれば面白い本も何冊か書けて、認知症にならずに健康寿命で暮らせるわ」

そして小夜子は面白い話を白髪の少年に聞かせた。まずその気になって後は本気度の強さだけで目標達成できるのだから、そうしなさいと真顔で言った。


「どう？　木苺の谷の話は済んだ？」

聞き慣れた妹の声がした。待ち合わせ時間を少し回っていた。旦那に送ってもらったらしい。どうやら空港までは妹が運転するようである。妹が加わるとテンポが速く笑い声が絶えない会話になった。白髪の少年にとっては気の休まるいつもの空間になり、平常心になった。慣れとは恐ろしいものだと、改めて心に刻んだ。小夜子も水を得た魚のように生き生きと振る舞った。田舎に戻った本来の時間が流れて、そして時間が瞬く間に過ぎた。

空港で搭乗手続きを済ませて身体障害者の白髪の少年は一足早く機内に入っていった。飛行機が滑走路を離れるとすぐに眠りに入った。中部国際空港に着くと、メールが入っていた。

「約束を楽しみにしているわ。青春の忘れ物を必ず取りに来て」

小夜子からだった。妹が車椅子の手配で離れている時に、

「誰にも迷惑がかからなくなったら、ふる里に戻ってきなさい」

「住む所が無いよ」

「私が手配するわ」

ただし、お互いが長生きしていたらの条件付きよ、と白髪の少年に耳打ちした。赤秋の始まりと、白髪の少年は夢を抱いた。

落葉樹

自分史の作成に取りかかった。過去に二度失敗して、三度目の挑戦である。友人のすすめもあって今回は何故か真剣に取り組んでいるもう一人の自分がいた。途中で子供や孫に何も残してやるものが無いことに、ハタと気付いた。その延長線上に、俺は一体何をして生きてきたのだろうかと、漠然とした疑問を抱いた。思いは自然と親、兄弟姉妹へと広がり、行き着く所は今までに出逢ったいろいろな人達へと巡っていった。注意して思い返してみると何気ない会話や、その当時の一言が胸に甦ってくる。いろいろな出来事が生じ、当然ながらその結果、答えが出てくる。

良いとか悪いとかの判断ではなくて、起こるべくして起きていることに直面した。自分史の至るところでそんな現象を垣間見た。時間の外から冷静に見ているもう一人の自分を確認し、納得している場面を見ている思いもよらぬ発見があった。

面白半分、冷やかし半分で取り組んだ自分史にすっかり嵌ってしまい、私小説までに発展した。今ではその虜になってしまった。自分の過去を見つめ直し書を綴っていると、心の中が洗われて清々しくなるのである。そして不思議なことだが古稀を過ぎたこの年齢になって、これからの人生目標を見つけ出そうとしている。そんなもう一人の自分がいた。思いもよらぬ副産物である。余生をと言っている場合ではなくなった。自分の人生に責任と結果を残そうと考え始め、そのことを私小説に取り入れて遺して死のうと思った。

そのためにも心、技、体ではないが、健康寿命で生き抜く事に専念し、自分なりに事細かく習慣化する事柄を決めて実践している。

バランスの良い食事と適度な運動、脳トレそしてプラス社会参加。

これらのことを実践して目標の、人生百十五歳を達成したい。あわよくば世界最高齢の百二十二歳を目指したいと思っている。呆け老人ではなく、この若々しい粋な白髪の少年で、ピンピンコロリで終えたい。

人生一度きりと言われるが、右足を失ってからは欲が出て二度目の人生をしっかりと経験して幕を閉じたいと思い始めた。そう思ってからの人生の方が中身も濃い筈だから、これからの四十数年が非常に楽しみで心がワクワクしてくる。

この年齢になるまでは、体力との勝負で我武者羅に人生を突っ走ってきた。この事が一生懸命生きる事だと勘違いして、ただ前だけを見つめて生きてきた。そのために小さな反省と勢いだけを繰り返し惰性だけで生きてきた。過去を顧みない生き方に業を煮やした神様に右足を取り上げられた。完全に動きを止められたのだ。

しかしよくよく考えてみると甚だしい勘違いで、実は右足を失うような生活をし、原因を重ねていただけに過ぎなかった。ただそれだけである。因果応報ではないが、健康もこの社会もすべてがこの仕組みで世の中は回っている。分かっていたのだが、自分に都合のよい解釈をして逃げて生きていた。年齢を重ねてこそ見えてくる摂理である。


自分史を綴りながらこの関係の確認ができ、心の中のモヤモヤが消えて清々しい気持ちになった。右足を失ったが、まだ生きている。心もすっきりとして本当の意味の生きる目標が見えてきた。釣銭のくる発見だった。

これからの人生には、心と潜在意識と魂を上手く使って深く充実した人生を送るのが得策だと決めた。

身体と潜在意識とプラス魂を十分に使い人生を創っていくことを信条として、日常化し習慣化して信念となるようにしていきたい。

右足を失くした現状を素直に受け入れて、目の悪くなった人が眼鏡を掛けるように俺は義足をつけようと単純に決めた。ただそれだけのことである。これが今から生きていく上でのすべての心の中のスタートである。

現状を素直に受け入れ、素直な心構えになるだけである。そのお陰か今では自然と身についたことが多々ある。目標の健康寿命に合わせて百十五歳を全うするために出来上がったルーティンである。

ストレッチ、瞑想、呼吸法、ヨガの入り混じった日課のオリジナルの体操だ。朝、夕の散歩の前に必ず行うルーティンである。この四十五分の体操でその日の身体の調子が分かる。健康のバロメーターでもある。

この体操と散歩を実践するのに大切なものがもう一つある。健康長寿のルーティンを如何に楽しく行うかである。嫌々やるのではなく、楽しく行うのがコツである。

通り過ぎてきた人生を振り返ってみると、夢や希望やロマンを抱いて生きてきた人生、青春時代があった。紛れもなく光り輝く若々しい怖いもの知らずの時代があった。しかし、家族を持ち生活に追われると青春に陰りがさし、いつしか青春は終わっていた。

自分史に取り組んでいると、生活のために生きるのではなく、本当の人生を生きようと考え、青春の答えというか、大切な人生のチャレンジ精神が沸々と湧いてきたのだ。

昔、何かの本で読んだ「赤秋」という言葉を思い出した。第二の青春、シニア世代が抱く夢、ロマンのことである。仲代達矢のパートナーだった奥さんが名付けた造語である。十代、二十代の青春に対して、六十代、七十代のシニアの青春のことを「赤秋」と呼んでいるそうだ。

「生活のために生きる」から、「人生を生きる」生き方にシフトしたいと考えている。

青春の忘れものを赤秋で完成させたいと励んでいる。人生の実りを掴みたいと励んでいるのだ。

健康寿命を延ばすためのルーティンを習慣化して十年は過ぎた。効果は抜群である。今では健康体の年齢相当の身体に回復している。これからが本当の勝負である。ストレスを極力溜めず、常にリラックスした状態を維持して生活している。すると、病気になる直前に身体異常を察して自分なりの手立てを実行するようになった。

例えば、少し身体に負担をかけて生活していると、まず失った右足が酷く痛み出す。酷い時は痛み止めの薬を飲んでも良くならない。主治医の先生に相談しても「失った身体部位が痛み出すのはよく聞きますね」と言われて、原因は分からず痛み止めの薬を処方されて終わりである。それを何回か繰り返しているうちに、痛みが本格的になる微妙な変化に気付くようになり、自分なりの手を打てるようになった。そんな時は、食事を軽くとってすぐ寝るようにした。身体の疲労を取り除き免疫力を上げるようにしている。人間の身体のことも病気のことも分からないことだらけである。

だから、主治医の言う通りにしている。

「無理をせずに、休養を十分に取ってください」

戦国武将の織田信長が言った「人生五十年」ではないが、人生は本当に早い。当節は人生百年と言われ出して久しいが、それでも人生は早い。五十年も百年もあっという間に過ぎ去っていく。宇宙の時間で言えばひと呼吸なのだろう。そんな速さを感じる。今の気持ちでは「一生青春、一日一生」を肝に銘じて一日一日が一生のつもりで暮らしている。赤秋を完結させる百十五歳までには時間がたっぷりあるが、この年齢になって人生が早く過ぎ去っていくのも実感している。

若い頃に読んだ本の一節、「運命は性格の中にある」を思い出した。人生を終える頃の人間にとっては身につまされるワンフレーズだが、この言葉もその奥にある潜在意識が関わっていると思われる。人生の現象の元がこの意識である。これを体得して、子や孫に残したい。呆け防止と一石二鳥である。

最後にふる里に関する郷愁の念を書き留めて締め括りたい。

物心ついた頃に住んでいた家のすぐ上にお寺があった。そこは敷地が広くて子供達の遊び場になっていて大勢の子供が走り回っていた。大きな銀杏の木が三本あり、秋から初冬にかけて、黄色い葉がいつもヒラヒラと舞っていた。私は、その銀杏の木の下でいつも遊び惚けていた。当時ではどこのお寺にもあった風景なのだが、お寺の門前に掲示板があり、いつも格言めいた言葉が書いてあった。ある日のこと、いつものよう走り回って遊んでいた仲間の一人が掲示板の前で固まってしまった。見る見るうちに表情が強張り、泣きながら帰って行った。掲示板には、

「お前は必ず死ぬ」

と書いてあった。ストレートなこの文言に恐怖を感じ、私もショックを受けた。忘れ去っていたこの光景を、今では妙に納得してしまう、そして人生の奥深さやこの文言の重さを感じている。生老病死を経て人は必ず消え去っていく。生まれる前の世界へと帰っていく。だから少しでも長く、自分らしく生きたいと長寿計画をつくり励んでいる。表題の「落葉樹」は、ふる里〝関の山〟の雑木林の中に一際目立つ名も無き古木である。時間の許す限り春夏秋冬遊び回った里山である。遊び仲間しか知らない秘密の場所なのである。遊び疲れて古木に寄り掛かり、癒やされた心の中の大樹である。銀杏の木も古木も今でも凛としてそびえ立っているのだろうか。できればもう一度、この地を訪れてみたい。そして魂が生まれる前の世界へ戻っていったら、子や孫

に遺灰の一部をこの大樹の木の元へ戻してもらいたい。そう願っている。そこが私の帰る場所なのである。

おわりに

文字を書くことがボケ防止になると聞いて、せっせとペンを執るようにしている。散歩とペンを握る。すると意外や人生の素晴らしさに気付き、また違った意味での面白さを得た。これで終わるのは勿体ない。もう少し長生きして人間、そして世界を見てみたいと、老骨に鞭を打って赤秋の完を夢見ている。

このエッセイはフィクションであり、実在の人物・団体とは関係ありません

著者プロフィール

新井田 忠（あらいだ ちゅう）

1949（昭和24）年11月30日生まれ
福岡県出身、愛知県在住
愛知県碧南高校卒業（昭和44年）
通信制大学卒業（平成10年）
著書に『関の山から吹く風』（2021年12月、文芸社）がある

白髪（はくはつ）の少年 そして赤秋（せきしゅう）

2024年1月15日 初版第1刷発行

著　者 新井田 忠
発行者 瓜谷 綱延
発行所 株式会社文芸社
〒160-0022 東京都新宿区新宿1－10－1
電話 03-5369-3060（代表）
03-5369-2299（販売）

印刷所 株式会社平河工業社

ISBN978-4-286-24887-5